KUWEI

酷威文化

图书 影视

深夜中的栗子

［日］小川糸——著

王盈盈 译

四川文艺出版社

图书在版编目（CIP）数据

深夜中的栗子 /（日）小川糸著；王盈盈译 . -- 成
都：四川文艺出版社 , 2024.4
ISBN 978-7-5411-6919-9

Ⅰ . ①深… Ⅱ . ①小… ②王… Ⅲ . ①随笔 – 作品集
– 日本 – 现代 Ⅳ . ① I313.65

中国国家版本馆 CIP 数据核字 (2024) 第 053154 号

著作权合同登记号 图进字：21-24-024

SHEN YE ZHONG DE LI ZI

深夜中的栗子

[日]小川糸 著　王盈盈 译

出品人	冯　静
出版统筹	刘运东
特约监制	王兰颖　代琳琳
责任编辑	范菱薇
特约策划	贺歆捷
特约编辑	周子琦　李　晶　张　静
封面设计	春帙设计 QQ:264986699
内文插画	[日]芳　野
责任校对	段　敏

出版发行　四川文艺出版社（成都市锦江区三色路238号）
网　　址　www.scwys.com
电　　话　010-85526620

印　　刷　天津鑫旭阳印刷有限公司
成品尺寸　145mm×210mm　　　　开　本　32开
印　　张　8　　　　　　　　　　字　数　120千字
版　　次　2024年4月第一版　　　印　次　2024年4月第一次印刷
书　　号　ISBN 978-7-5411-6919-9
定　　价　49.80元

目 录
CONTENTS

"还不如干脆下雪呢。"老天似乎听到了我的祈祷，早上，连绵许久的雨终于变成了雪。

许是受全球变暖的影响，今年柏林也是暖冬，气温鲜少降到零下。暖和倒是挺暖和，只是一暖和，雨就下个不停。自打我来到这边，几乎每天都在下，堪称冬天里的黄梅天。

照去年的经验来看，气温若是降下来，老天反而能给个好脸色，赏一方晴空万里。因此，比起暖和却灰蒙蒙的雨天，我更希望能呼吸寒冷却干爽的空气。

拂晓时分，雪花终于与微光一起亲吻大地。但这雪大概率积不起来，就算某一瞬间雪花将地面染成白色，几个小时后依旧会消失不见。

　　大部分身处柏林的人，都盼着哪天能痛痛快快下场大雪，落下来积得厚厚的。可惜，这愿望不容易实现。

　　今年我做了一个不一样的决定：在浴室迎接新年。

　　晚上先去附近的意大利餐厅吃意大利面，接着回家把浴室弄得暖融融的，方便我在里面窝着。做完准备后，从夜里十点到凌晨两点左右，将浴室门阖紧。

　　其他暂且不论，烟花的声响真是大得烦人。

　　事实上，一开始我本打算去没人的郊外避一避，结果还没想出法子就到时间了。要不出去找个酒店住？我试着打电话预订，却发现到处都住满了。最终，还是没能躲出去。

　　每当有烟花炸开，百合音就会吓得一激灵。它胆子小，烟花的光亮和声响对它来说，都是不小的刺激。

　　为了这个小家伙，我想找个看不到外面的空间，琢磨良久，发现家里既没有窗户又能挡住光亮与声响的地方，只有浴室。

按原计划，是要和企鹅先生一起在浴室看电影的，可惜他中途离场。之后，我便找出前几天在商场买的香薰蜡烛点上，营造出足够舒适的氛围来让自己专心看书。

　　我把新出的《阿纳斯塔西娅·回响在俄罗斯的杉》①通读了一遍。至此，目前已出版的六卷，我已经全部看完了。

　　在浴室过新年，这在我以前看来简直难以想象，直到真正做起来，才发现它出乎意料地令人愉快，几乎没有什么不方便的。

　　大型烟花的爆破声多少还是能透进来，不过百合音听着听着似乎习惯了，后来即使有声响，它也能睡得酣熟。油汀烘得浴室暖暖的，我只感觉惬意万分。

　　比起收拾行李慌慌张张地出门，窝在浴室过新年或许是个聪明的选择呢。

　　新年的钟声响起时，我独自走出浴室，去向企鹅先生道一声新年好。他正透过窗子热忱地望着外面，感叹烟花好美，他看上去十分快活。

---

① 该作品名称在日本被译为『アナスタシア ロシアの響きわたる杉』。——如无特殊说明，本书脚注均为译者注。

　　这般混乱无序的烟花，无法令我生出美好的心境。明天起来，马路上肯定撒满了烟花碎屑，一片狼藉。

　　说起来，也就最近几天才能买到烟花——德国人实在很擅长营造氛围，不管什么东西，一旦限定了季节，就会给人增添一抹独特之感。

　　大概过了凌晨两点，集中燃放的烟花偃旗息鼓，那些熬夜等待的人开始点燃自己的烟花炮仗。炮仗不断在安静的夜空里炸开，闹闹腾腾直到凌晨四点前后。

　　对此，就连好脾气的企鹅先生也发火了。他不发火才怪呢，托这帮狂欢者的福，我俩的新年朝拜算是彻底泡汤了。

　　在此谨向各位读者奉上迟来的一声问候，新年快乐！

　　新的一年，也请你们多多指教和支持哦。

　　2019 年，希望世界和平，大家的脸上都能充满笑容。

母亲的证明

1月16日

　　除夕当晚，我特地租了一盘电影录像带打算窝在浴室里看，电影名叫《母亲的证明》[①]。

　　之所以选择这部电影，还要追溯到去年12月我在韩国首尔一场活动上见到角田光代小姐。

　　此前我没见过角田小姐，心中不免惴惴，担心我俩能不能聊到一块儿去。也不怪我这样想，她喜欢猫，而我喜欢狗；她喜欢吃肉，而我喜欢吃蔬菜。我喜欢的各种

[①] 该电影名称在日本被译为『母なる証明』，在中国大陆被译为《母亲》。

蔬菜，都是她平时敬而远之的。另外，我曾拜读过她的一篇散文，原文记不清了，其中有句话大意是说："周日若是碰上下雨，有些女人会宅在家里煮一天豆子。这样的女人，我想我是无法与之成为朋友的。"

在下雨的周日煮豆子的女人——天，这说的不就是我吗？所以，在见面之前，我一直有些不安。想要从饮食上打开话匣子，绝对不可行，我与角田小姐的喜好正好相反。

当然，事实证明我完全想多了。交谈过程中，我发现彼此在包括工作方式在内的许多事情上有着共同之处，其中最让我们有话讲的当属韩国电影。

角田小姐和我都算得上韩国电影的忠实粉丝。"那部电影，你看过吗？""这部电影，你觉得怎么样？"两个人你来我往，越聊越起劲。

韩国电影有很多，总的来说，比起柔软甜蜜的爱情片，我俩更偏好"硬"风格，从题材来讲，多为悬疑类型。其实说悬疑类型也不恰当，确切来讲，是以某些社会现象为主题的电影。

这类韩国电影的高明之处在于直击人性中最黑暗的角落，深入挖掘，毫不遮掩，将目光牢牢地聚焦在虐待儿童、歧视等社会问题上，而这些问题在日本，要么被漠视，要么被当作不存在。当然，从娱乐角度来说，影片也有很高的价值。

"若是日本的创作团队，恐怕一开始就会把这些主题排斥在外。"这就是问题所在，它给我们这些观众敲响了一记警钟。

《熔炉》正是这样一部优秀的电影。还记得刚看完时，我备受触动，许久才平静下来。

顺便说一句，《熔炉》改编自孔枝泳的同名小说。在去年法国欧塞尔（Auxerre）文学节上，我曾见到孔小姐。她告诉我，这个故事取材于韩国某聋哑学校真实发生的性侵案件，电影将此事曝光后，韩国政府正式通过了《熔炉法》[①]。

是的，一部好电影对社会就是有巨大的影响力！

[①] 电影上映第 37 天，韩国国会以 207 票通过、1 票弃权的压倒性结果通过《性侵害防止修正案》，该法案又名《熔炉法》。

另外，《杀人回忆》也非常精彩。角田小姐也看过。我俩聊到它时，异口同声地赞叹："真是太棒了。"

角田小姐还向我推荐了一部电影，《密阳》。可惜，目前我还看不了。

我心痒难耐，很想看韩国电影，看什么好呢？最后想到了这部《母亲的证明》。

《母亲的证明》从开篇起，就显得迷雾重重。在观影过程中，这些谜团一直盘旋在我的脑海，直到最后才被解开。即便如此，我还是要说，这部电影的每一帧画面都很美，配乐也很精彩，堪称经典之作。

故事中随处可见创作团队埋下的伏笔，那是对种种不公现象的强烈谴责，比如韩国社会中根深蒂固的对残疾人的歧视、贫富差距、警察的不负责任等，这些都引人深思。

看完这部电影，我只能用"精彩"二字来形容。我长长吁出一口气，迫不及待地想要看第二遍。而且令人震惊的是，《母亲的证明》是 2009 年上映的，已是十年前的作品了，却一点儿都不过时。

它给我的感受与《杀人回忆》有些相似。后来一查，可不得相似嘛，两部影片，导演和编剧都是奉俊昊。

　　奉俊昊，毫无争议的天才！

　　这部电影在日本被译为《母亲的证明》，而在韩国名为《母亲》。

　　一位母亲可以为自己的孩子做任何事，因此而爆发出的力量既美丽又可怕。奉俊昊以近乎恐怖的洞察力，向广大观众揭示了这一点。

　　说到电影，柏林这边也开始上映《小偷家族》了。

　　傍晚我已经在飞机上看过，不过还是打算有时间的话再去电影院重温一遍，就当顺便学习德语。

　　柏林电影节很快也要开始。

　　——净是让人高兴的事情呢。

> 1月
> 20日
> 声音的力量

光与影在屋子白色的墙上缠绵成一幅画。时隔许久，我终于再次看到绚烂的朝霞从地平线上喷薄而出。

室外温度已降至零下，极冷，但因为有阳光隔着窗户射进来，又开了空调，屋里还是很暖和的。

来了，来了，来了，来了！

我期盼已久的冬天，它终于来了。

拉脱维亚人认为，瑞雪兆丰年，冬天要下很多雪才算好。

对此，我深有同感。

温度实实在在地降下来，雪花漫天飞舞，将整个城市都涂抹成白色，水面被冻得硬邦邦的，砸都砸不开，路上的行人仿佛成了神仙，匆匆走过时，留下一缕悠长又湿润的"仙气"，这才是冬天啊！

只有经历冬天的寒冷和残酷，我们才能在春天来到的时候，发自内心地感到温暖。

零下的空气格外清爽，晴空万里，又透又亮，让人不由自主地想要去拥抱。

今天恰逢周日，我费了点心思，早餐要做烤薄饼。

烤薄饼用的苹果，昨天提前糖渍好了。面粉用的是斯卑尔脱（spelta）① 小麦粉。除此之外用的原料有鸡蛋、牛奶、酸奶，把它们和面粉搅拌均匀，放入烤箱烘烤，非常简单。

为了配烤薄饼，企鹅先生还特意做了蛋黄酱水煮蛋拌芝麻菜沙拉。

期待大餐！

———————————

① 一种德国的黑麦面粉品牌。

　　我做烤薄饼的技术不算熟练，前两张有些焦，所幸后两张非常好。

　　在松软的饼上刷上厚厚一层黄油和枫糖浆。哇，简直幸福极了。我仿佛置身于某家大饭店，正用刀叉小口小口地品着下午茶。

　　企鹅先生认为，烤薄饼配黄油和枫糖浆是小朋友才吃的，他得吃出成年人的气势来，便抹了厚厚一层蛋黄酱水煮蛋末。

　　我才不管呢。烤薄饼与黄油枫糖浆才是最佳搭档！

　　这时候，家里要是有暖炉就完美了……

　　明明已经过去一个星期，那天的声音却依旧回荡在我耳边，提醒我它并不是一场梦。

　　事情还要从柏林爱乐乐团新年音乐会说起。

　　新年新气象，生活总要有点仪式感，于是我买了一张音乐会的票。音乐会由俄罗斯混声合唱团和交响乐团共同呈现，精彩绝伦，尤其是混声合唱团，真是太厉害了。

　　合唱声刚响起，场馆内的气氛就有了明显的变化。

乐器的演奏本就气势恢弘，在此基础上，再加入人声，我好像进入了一个全新的次元，备受感动，再抬头看看四周，才发现不止我一个人，大家都忍不住拭泪。

　　就算听不懂歌词也没关系，光是声音，就能让人感受到磅礴的力量。

　　每一个人从出生开始，就拥有一把名为"声音"的乐器，不管你有没有音乐天分，会不会演奏，它都属于你。声音的力量，巨大无比。倘若世上的所有人，在同一时间以同一种心情去为同一件事情祈祷，就能亲眼见证奇迹的降临。

　　在企鹅先生锲而不舍的努力下，他终于买到了一颗卷心菜。

　　所以，今天我们的晚餐是猪排盖饭。

贺年卡 1月23日

傍晚，我穿过公园去剪头发，正好遇到一群小朋友挤在一起，他们在看池水有没有结冰。

结是结了，但不够厚实，还没有人敢站到上面去。等再过一段时间，冻得更厚一些，应该就可以在上面滑冰了。

眼看着天亮得越来越早，太阳沉得越来越晚，有时候傍晚出门，碰上晚霞铺满天空，仿佛上天的奖赏，我的心情总是格外愉快。

此前我给一位朋友寄了新年贺卡，今天他发来消息说，新年到来前身体不适，精力还没恢复过来，所以今年就不给大家寄贺年卡了。

这样也很好。

我寄贺年卡，只是想表达我的一份心意，若是对方需要牺牲自己，通宵达旦，那还是别回复了。比起贺年卡本身，我更希望对方身体健康，平安喜乐。

当然，假如双方都精力充沛，时间也充裕，希望一起分享迎接新年的喜悦，那么互赠贺年卡是极有意思的。

但是不管什么事情，都不要将它定性为义务。

没有必要。

所以，我觉得朋友的做法非常明智。

我们是朋友。作为朋友，你对我不用有任何顾虑，身体不好，那就不写。而且你这样做了，下次轮到我遇到类似情况，我也就能毫无顾虑地不写了。

贺年卡这种东西，有最好，没有也没关系。

你说呢？

感谢泡菜 1月24日

这个冬天终于到了最冷的时候 —— 可我实在高兴不起来。

昨天中午起，家里的暖气开始不好用。检查后，发现问题出在公寓的集中供暖系统上。令人崩溃的是，今天温度低得离谱，最高只有 -2℃，最低 -7℃。

真是屋漏偏逢连夜雨，偏偏在这样的时间……

我们公寓地下室有一个锅炉间，里面一天二十四小时不间断地烧着热水，热水通过管道输送到公寓的各个房间内，通过暖气片完成供热。

　　这套供热系统不会污染空气，而且可以通过室内阀门进行控制：平时以一个较低的温度开着，等到需要加热时，把阀门打开，房间就能迅速暖和起来。我一直认为它好用又环保，没想到它原来也会失灵。

　　锅炉烧不了热水，自然没有暖气供应到各个房间里来。

　　哇，冻死了。

　　我翻箱倒柜，找出暖宝宝贴在身上，再套上厚衣服。

　　除开暖气，家里的取暖设备就只有企鹅先生买的一块暖脚垫。我把它拿出来，安置在家里最小的房间里，权当暖桌用。

　　不过，占据暖脚垫大半江山的，是百合音。它看起来相当中意这块暖脚垫。我每次望过去，它总是窝在上面，把身体团成一个球。

　　此次御寒大业中最大的功臣，要属泡菜。泡菜是为了晚上做火锅，企鹅先生提前搜罗，在附近亚洲食品商店里买到的。

不管是暖脚垫，还是泡菜，最近他买东西都很有先见之明呢。

咕嘟咕嘟，咕嘟咕嘟。

热热的泡菜火锅一入口，我的身体就一点点暖了起来，后来甚至都出汗了。

平时在家，我要把暖气开到三档才不会觉得冷，今天暖气失效，却因为有了泡菜火锅，整个身心都暖暖的。感谢泡菜！

泡澡是我到柏林后也没有放弃的每日必修课。放满整整一浴缸的热水，再倒入浴盐，人躺在里面仿佛泡温泉，再舒适不过。今天因为没有热水，只能搁置。

趁着泡菜火锅带来的热度还在，我直接钻进了被窝。哇，幸好把热水袋从日本带过来了，真是明智！

在百合音牌移动热源和热水袋的双重加持下，这个晚上睡得倒也不冷。

问题是夜里气温又骤降，公寓暖气还是没有恢复，房间变得像冰窟一样。

第二天早上，我在厨房煮豆子，试图给房间增添一点点热气。

这时候，泡菜再次发挥了作用——企鹅先生用昨天剩的泡菜，给我做了泡菜炒五花肉。

吃过这顿早午餐，僵硬的身体好不容易"解冻"了。

下午我去蒸桑拿，正好碰上店里搞"女士日"活动。

很幸运！

大冷天蒸桑拿，人间极乐也不过如此。

我在里面待了很久，蒸热了就去凉一凉，凉好了又去蒸一蒸，出了很多汗。

听说傍晚有人来修过暖气，于是我在外面吃过晚饭便直接回了家。谢天谢地，家里终于又暖和了。

我本来还在发愁，万一暖气拖着迟迟修不好可该怎么办。按我的性子，肯定要马上出去躲一躲，来一场说走就走的旅行。——庆幸修好了。

平时一打开水龙头就能接到热水，以至于我认为这是再正常不过的事，直到暖气出了故障，才意识到，从来没有什么是理所当然的，热水是宝贵又难得的资源。

昨晚公寓里的所有居民都在寒冷中度过，此刻看到暖气修好，不约而同地长舒一口气。

幸好这次故障发生在工作日，不过一天半就修好了，假如是在周末，指不定要拖多久呢……

无论如何，感谢泡菜。

谨向你致以最真挚的谢意！

2月4日 春回大地

立春已过，时间进入旧正月 ①。

虽说大部人都不再过旧正月，但在我看来，这也是一年之始，早上我再次向朋友们恭贺新春。

昨日东京暖阳融融，春意盎然，今天柏林也终于放晴，天空澄碧，连一丝浮絮都没有。冬天里这样的好天气，总让人心生愉悦，仿佛马上会有好事发生。

---

① 正月本指农历一月，日本在明治维新后改用新历，将整个一月都称为正月，而农历的正月则被称为"旧正月"。

农历特有的时节气息扑面而来，或许我可以准备做七草粥了。

今天下午去上了瑜伽课。

瑜伽是热瑜伽，室温全程保持在 38℃，且时间偏长，整整九十分钟。说实话，我对自己并没有信心，就怕不能跟完全程，最后坚持下来时，反而吃了一惊。呵，阿糸，干得不错嘛。

新年新气象，总要做点不一样的事，热瑜伽对我来说是一个很好的选择。

今年我的目标是，在瑜伽领域更上一层楼。

说到不一样，这个冬天我做了好多次奶油培根意面。

还记得第一次吃奶油培根意面时，我受到了很大的冲击。这也难怪。小时候在老家，我没怎么吃过正宗意大利菜。意面倒是偶尔吃过，不过就是拿罐装番茄肉酱扣在焯熟的面条上。别说正宗奶油培根意面，就连蒜香意面都是长大成人后才尝到。我也没有在自己家的厨房里见过橄榄油。

这么一对比，如今孩子们的生活确实便利了许多，从小就能吃到各种各样的美食。

我人生中第一顿奶油培根意面，是在一家意大利餐厅吃的。那天刚出远门回来，闲着没事，一个人在街上走，随便找了家餐厅钻进去。

天哪，世间竟然有如此美味！那一刻，我受到了不小的文化冲击。

据说奶油培根意面是罗马的地方菜。有一次去罗马，我充满期待地点单，想着当地的肯定最正宗、最好吃——结果嘛，只能说恐怖。

也正是那次经历使我明白，并非随意走进意大利的某家意式餐厅，就能吃到好吃的意大利菜。

那已经不能用"难吃"来形容了，根本是不好吃到了一个新境界。时至今日，我再回想起来，还会大为光火。

说起来，我在博洛尼亚吃坏肚子上吐下泻时，企鹅先生却端着一盘奶油培根意面吃得津津有味，直夸好吃。

我一口都没尝到，也不知到底是什么滋味……

　　这样细细数来，奶油培根意面与我颇有渊源，在我不同的人生节点上登台亮相。也正因为它有着特殊意义，我从未想过要自己去做——直到遇上"命中情蛋"。

　　"命中情蛋"来自我家附近的培根店。自从来到柏林，我就不愿生吃鸡蛋，总觉得味道上差那么一点。有一天，我偶然经过这家培根店，买了几个鸡蛋，被狠狠惊艳到了。就是它！

　　所以去年秋天开始，我只要做白米饭，就会打一个生鸡蛋拌着吃，几乎餐餐不落。再配一碗味噌汤，那真是让人快活似神仙，我简直要高呼万岁。

　　我听说，奶油培根意面之于意大利人，相当于生鸡蛋盖饭之于日本人。用"命中情蛋"盖白米饭这般美味，若盖上奶油培根意面，又会如何惊艳人的味蕾呢？念头一起，再也无法按捺下去。我试着查找制作方法，发现原来很简单。

　　先用橄榄油把洋葱炒熟，再放培根继续翻炒，同时另起一锅水将意大利面焯熟。待意大利面熟透后，在盘中打入生鸡蛋（一人份一个），接着倒入沥过水的意大利面，再趁热盖上翻炒好的洋葱培根，充分搅拌。最后，撒上适量的盐和胡椒粉调味。

大致流程就是这样。

重点是，一定要让冷藏过的鸡蛋回温到和室温差不多再使用。不然，刚出锅的意大利面与鸡蛋之间温差过大，热量传导容易让生鸡蛋形成结块。

材料上没有特别的讲究，用冰箱里常见的食材即可。做法也简单，只不过想要做得好吃，非常考验意大利面和鸡蛋本身的味道。

这个冬天，企鹅先生陪我在柏林度过。我们花在厨房里做奶油培根意面的时间格外长。

说到鸡蛋，朋友小皮跟我分享了一个如何将水煮蛋做好吃的窍门。小学家政课上老师说鸡蛋要凉水入锅，小皮却强调，鸡蛋一定要开水入锅，之后再煮七分钟。

当然，从冰箱里拿出来的鸡蛋同样要回温。

我按照小皮说的方法试了一次，发现还真是，这样煮出来的鸡蛋不会过生，也不会过老。

了解到这个窍门后，水煮蛋在我家的地位直线上升。

我甚至觉得，透过一个个小小的鸡蛋，世界变得更广阔了。

寒冬已尽，春回大地，拂在脸上的风变得缠绵而温柔。

今天，我感受到了春的气息。

弗勒利亚 2月15日

周末去市场买鱼的时候，看到有人在卖银柳。

银柳新鲜水灵，透过它，我似乎看见一位质朴的大叔，正拿着剪刀闲适地从自家庭院的树上剪下一根根枝条，再用橡皮筋捆成一把把的。

价格也便宜，短的一把两欧元，长的一把两点五欧元。

我买了一把短的，拿回家插在花瓶里，屋里瞬间盈满了盎然的春意。

真好看啊。

嫩生生、胖嘟嘟的银柳芽上缀着白绒绒的细毛，看上去好像百合音的尾巴尖。

　　今天，我看完了《加沙通地铁的日子》①。

　　还记得十几岁的时候，我曾对世界充满了信心，坚信等自己长大成人，它一定能变得更好。然而，现实给了我重重的迎头一击。别说变好，它根本是越变越坏了。这不是我期待的。

　　人类不但没有进步，反而在不断往后退。

　　假如我是在日本国内读到的《加沙通地铁的日子》，感受可能不会像现在这样深刻。

　　受制于物理意义上的距离，我会认为，已经发生并仍不断发生在巴勒斯坦地区的种种事情，离我非常遥远。

　　所以从这个角度来说，我很庆幸自己是在柏林看完这本书的。

---

①日文书名为『ガザに地下鉄が走る日』，作者冈真理在本书中讲述了自己与巴勒斯坦人相处四十年的经历及当地居民如何在令人绝望的环境中有尊严地生活。

作为人，为什么要犯下那般暴行？怎能犯下那般暴行？

不管我如何追问，想来都不会找到答案，我唯一能得出的结论就是：他们在施加暴行的那一刻，并未视对方为同类。如果不这样想，我就无法理解，犹太人在经历纳粹大屠杀之后，好不容易才建立了属于自己的国家以色列，为什么转头又能若无其事地对巴勒斯坦人下那样的狠手；时间再往前倒，日常生活中那般恭谨善良的德国人，为什么能够手染鲜血，泯灭人性，屠杀数以百万计的犹太人。

同样的，我也无法理解为什么有些父母一边将珍啊宝啊爱啊这些美好的字眼嵌进孩子的名字；一边却对孩子拳打脚踢，将其逼上死路。

这一个个问题，我注定得不到答案，也永远不能否认它们真实存在着。

只有自己才是特别的，在这种优越感的驱使下，以色列人逐步蚕食巴勒斯坦人的国土，每日派出无人机二十四小时监视，并从高空向无路可逃的平民投下炸弹。

　　对巴勒斯坦年轻人，他们有时候不直接杀死，而是故意瞄准其腿部，残忍地剥夺其健康生活的希望。

　　双方之间的力量对比是那样明显，一方以水枪射击，另一方却还以真枪实弹。

　　这若不是恃强凌弱，不是霸权行径，那是什么？

　　用"没有屋顶的监狱"来形容如今的巴勒斯坦，一点都不过分。我认为，发生在那里的事与儿童虐待事件在本质上并无区别，同样都很恶劣。

　　另一方面，对求助之人视而不见，对求助之声听而不闻，是在间接助长霸凌者的气焰。想象一下，有个孩子，她可能叫结爱，也有可能叫心爱，天天被关在家里被父母往死里打。终于有一天，她逃了出来，鼓起最大的勇气呼救，路过的大人却冷漠地拂开了她的手。她该多么绝望啊。如今，我们对巴勒斯坦人做着同样的事情……

　　听说巴勒斯坦地区产的草莓又大又甜，鲜嫩多汁。可是，这些草莓想要出口到其他国家，必须通过以色列的公司，价格因此成倍地上涨。

巴勒斯坦农民千辛万苦种出的甜美草莓，最后只能自己吃掉。

以前，巴勒斯坦人从自己的领海捕捞鲜鱼活虾，用自己种的小麦制作美味的面包；如今，领海已经被生活废水污染，面包也只剩最简陋、最粗糙的白面包，往日餐桌上丰饶的景象早已消失不见。只因为生在巴勒斯坦，他们就不得不过如此残酷的人生。

我想，世上最残忍的事情就是剥夺一个人的尊严，以及希望。

去年年底我还读了一本很不错的书，叫作《柏林天晴吗》①。我很庆幸，这本书也是在柏林看的。

free 这个英文单词是自由的意思，按照阿拉伯语，它读作"弗勒利亚"。

---

① 日文书名为『ベルリンは晴れているか』，深绿野分著，是一部以第二次世界大战后的德国柏林为背景的长篇推理小说，讲述了一位柏林少女为了将恩人离奇死亡的消息带给其侄子，选择与一个小偷同行，两人一路上遇见各种艰难险阻，最终抵达的故事。

我想，无论是牢笼中的巴勒斯坦人，还是被虐待致死的儿童，抑或大屠杀中被强行带往收容所的犹太人，他们内心深处都极度渴望自由吧。

身为普通人，我们即便无法采取具体的行动，但至少也要去了解、倾听。这很重要。

银柳的花语，正是"自由"。

惊蛰 2月18日

　　旭日暖人，春风拂面，近段时间一直是好天气，几乎不用再开暖气。阳光洒在身上暖融融的，有些性急的人已经跑到户外一边享受日光浴，一边啜饮红酒和啤酒了。

　　说到酒，不得不提一件事：大部分德国人都会随身携带开瓶器。他们把开瓶器串在钥匙上，直接省了钥匙扣。至于理由，自然是为了能随时随地喝到瓶装啤酒。

　　对了，听说在德国，如果有父母同行，十四岁的小孩可以喝啤酒、红酒等含酒精的饮品。我有点怀疑，也不知是真是假。

公园里人很多，一年一度的"惊蛰开春祭"正如期举行。

上周末家里来了客人，很是热闹。

客人是经常帮我照看百合音的日奈和达利夫妇。百合音最喜欢他俩，高兴得直扑腾。

为迎接他们，我在家做了一顿大餐。

家里来客人，我多做日本料理，而此时最受欢迎的，就是干货。

我每次从日本回德国，行李箱都会塞满干货，企鹅先生回柏林时，也会带上许多，要是有日本朋友过来拜访，送的伴手礼也以干货居多，以至于柏林厨房的干货储备还要胜过日本的。

干货中我特别中意的，一为菊花干，二为海蕴干。这两样好吃又方便，只要加水重新泡发，它们的口感和作用与新鲜状态时一模一样。要说缺点，就是不太方便买到。

做法也简单，泡发后加醋拌匀即可。

将米醋与苹果醋以适当比例混合，再加适量白糖和盐，出来的味道酸酸甜甜，十分清爽。我喜欢多做一点备着，吃土豆沙拉和寿司时也能用上。

最近我新研究了一道家常菜，凉拌包心菜。

将包心菜切丝，加适量盐脱水，之后倒点醋拌匀，最后放进冰箱里冰镇。它是我家餐桌上近来的常客。当菜好吃，作零食也不错，咔嚓咔嚓，爽脆得很。

开始做菜。

先煮鸡蛋，再炖扁豆汤，接着凉拌菊花和海蕴，最后给油炸豆腐淋上百合芡汁。

因为油锅是最近新入手的，我还没怎么摸透它的脾性，今天第一次用它炸豆腐，炸得乱七八糟。

至此，正月备下的百合就全用完了。下次再见要到明年，想想就觉得好遥远。

我会想你的，百合君！

主菜是黄油鸡肉。

先用胡椒盐和咖喱黄油将鸡大腿肉调味腌制，裹满面粉后，再用黄油煎。

这道菜是我今年正月第一次尝试的，出乎意料地好吃。今天正好再温习一遍。至于灵感，还得感谢佛罗伦萨那家我经常去的食堂。他家有一道类似的菜品。

黄油鸡肉要想做得好吃，必须把鸡肉炸得外酥里嫩，吃的时候再洒点柠檬汁。

配菜则是我最近着迷的紫甘蓝沙拉。

最后用意式荞麦面收尾。

达利是意大利人，做菜手艺相当了得。难得的是，他使起筷子来也很麻利，还知道递公筷给别人时，要把筷子头对准自己。

正餐过后是喝茶时间，点心配的是刚从日本邮寄过来的胡桃酥，镰仓的一种特产。

恍惚间，我感觉自己又回到了日本。

2月
26日
去女人乐园

有点鼻塞，头也晕乎乎的，难不成花粉过敏了？为了提神醒脑，我去了哈马姆。

哈马姆是一家土耳其式桑拿房，位于克罗伊茨贝格地区，仅面向女性开放。

我以为这个时候过去应该很空，没想到里面挤满了人。

桑拿房本就小，人一多，混乱程度堪比满载的电车。也是进去后我才发现，在放松身体之外，桑拿房还兼具女性社交场所的功能。里面大部分人都是与闺密结伴过来的，换言之，她们来这里更多是为了聊天，赤身裸体地聊天。

古往今来，无论东西，三个女人就能搭出一台戏，你可以想象挤满女人的桑拿房里能有多热闹。

因为排队等按摩的人太多，我约了搓澡和泡沫按摩。

哇，好爽！虽然土耳其式搓澡技术不如韩式的到位，但泡沫按摩很有意思。师傅先给客人全身打满丰富细腻的泡沫，然后再下手按摩，整个过程仿佛在做游戏，让人身心都得到放松。

日本盛行蒸桑拿，我的"桑拿基因"却是来柏林后才开始觉醒的。能痛痛快快地出一身汗，真是舒服极了。

蒸桑拿和热瑜伽带来的热不同于夏天单纯的高温带来的，前者令人汗流如瀑，结束后仿佛新生，获得无穷的力量，后者却只会令人烦闷腻味。

中庭里暂时没有人，我一个人坐着，看看蓝天，发发呆。不时有喧闹声从大街上传过来，一墙之隔的这里却安静极了，普通人的平凡人生就蕴藏其中。

是的，平凡人生才最最可贵。

一直以来，土耳其移民都喜欢在克罗伊茨贝格地区扎根。他们看起来不那么优雅，却热情开朗，充满活力。他们经营各种商店、饭馆，每周还举办三次大型集市，集市上的蔬菜既便宜又新鲜。置身其中，你甚至分不清自己究竟是在德国还是在土耳其。

　　同为外来者，这里令我无比安心。便宜的地价和房租也吸引了许许多多的年轻人，现在克罗伊茨贝格地区正在汇聚越来越多的人气和能量，逐渐添上了朋克摇滚范儿。

　　几年前，谷歌公司打算在克罗伊茨贝格地区成立办公室作为其在欧洲开展活动的据点。然而，该计划遭到了当地居民的强烈反对。他们每个月都举行反对游行，最终使得项目搁浅。

　　这件事如果发生在其他城市，想必当地居民会非常欢迎，克罗伊茨贝格的人却永远不会。

　　他们不希望美式价值观和生活方式破坏自己早已习惯的生活节奏，所以通过游行这个具体行为将自己内心的想法传递出来，而谷歌公司也表示了理解。据说，当时谷歌公司已经支付费用租下了一座大型办公楼，项目搁浅后，就无偿提供给了当地居民使用。

整个故事的发展很有柏林特色。

所谓民意，不外如是。

有人曾说，团体中的每个人认真思考后给出自己的答案，就是民主。我非常赞同这样的观点。那么，如今发生在日本冲绳岛上的事情[1]又算什么呢？

日本自诩为民主主义国家，但实际上，大量的政治决策并没有反映民众的意愿。

诚实表达自身想法的 Rola 小姐受到批判[2]，与首相谈笑风生的偶像团体却半点不受影响，这同样匪夷所思。

上周日乘坐地铁的时候，我在新闻宣传栏上看到了日本首相与美国总统的合影，两人笑得一脸灿烂。我有

---

[1] 指 2019 年 2 月，冲绳民众静坐抗议，反对驻日美军在边野古建设新基地。

[2] 日本娱乐界认为艺人不应涉及政治。Rola 在 SNS 上发起签名活动，反对驻日美军在边野古建设新基地，随后遭到日本国内抵制和批判。

些纳闷，这是干什么啊？结果没几天，就有报道说安倍首相写了封推荐信，推荐特朗普总统去获诺贝尔和平奖。呵，原来如此。

我们无权干涉安倍首相以私人身份与特朗普总统交好，但是，倘若他是代表日本写下的这封推荐信，那么我希望他能尽快撤回。或许安倍首相认为这是一个出色的政治策略，但是从全球层面来看，日本失去的比得到的更多。难道不是吗？

我甚至不能再堂堂正正、挺胸抬头地告诉别人，我是日本人。

如果说克罗伊茨贝格人反对谷歌入驻，是一次民意的体现，那么，冲绳人反对驻日美军在边野古建设新基地也应当被看作民意的体现。

其他暂且不论，不觉得在蛋黄酱一般松软的地基上灌入大量砂土、打入无数地桩的围海造城行为本身就非常不切实际吗？

我坐在桑拿房的中庭认真地思考着这些问题，直至一群女人说说笑笑地过来，才起身离开。

假如能有更多女性站上政治舞台，担负起领导世界的重任，想必世界会变得更美好吧。我对此抱有期待，却也明白短时间内这是不可能实现的。

从女人乐园里回来，我看到企鹅先生和百合音正头靠着头睡午觉。

最近，百合音终于承认企鹅先生是家庭的一分子，愿意窝在他怀里睡了。只是，企鹅先生时不时要回日本，每次回去，他与百合音之间好不容易培养起来的感情就被彻底清算，以至于再回柏林时，百合音已经彻底忘记他了。他需要从头讨好百合音，重新建立信任关系。这个过程，不断循环往复。

对企鹅先生来说，世界上最幸福的事情莫过于靠着百合音睡觉。

春天的脚步越来越近，我家的仙人掌也开始一粒一粒往外爆嫩芽。

这群仙人掌宝宝，真真可爱极了。

3 月 8 日　长长的长长的春之宴

今天好像是一个节日，一个我未曾听说过的节日。

跟人打听，才知道节日名叫"女性日（Frauentag）"，今年才开始，且仅限柏林地区，并非全德国通行。

怪不得，再仔细打量，我发现身边的人看上去都比平时要放松。

因为是节日，包括超市在内的大部分商店也都关门休息了。

这周我迎来了几位客人。

　　他们分别是从日本过来的吉冈夫妇，我在蒜山耕艺[①]的两位朋友，以及旅居阿尔萨斯的杰克——他是一位法国医生，非常热爱日本。

　　五人在阿尔萨斯会合，再开长途车来柏林。他们没有住在柏林，而是住在德国和波兰边境上的一个隶属于波兰的小镇里。两天时间，就这样往返于柏林和波兰之间。

　　因为欧洲许多国家都接壤，类似行程还是很容易实现的。

　　只是我有些犯愁，不知该带他们去哪里玩。

　　柏林没有叫得上号的旅游景点，而且，他们也不是喜欢去热门旅游景点的人。

　　该怎么办？

　　在我看来，想要认识柏林，最好是生活在其中，慢慢感受时光的流逝，可他们没有那么多时间。季节合适的话，倒是可以一起去公园散步，去啤酒花园坐坐，又

_____

① 一个以日本冈山县蒜山为基地，推行"亲手创造想吃的东西"有机栽培活动的同好会。

或者去森林啊湖边啊随便走走，可选项有很多。然而，当下春寒料峭，这些户外活动并不现实。

我苦恼许久，最后做了如下安排。

第一晚，带他们去附近一家气氛颇佳的德国餐厅享用晚餐；第二天一起去室内菜市场大采购，然后在家里优哉游哉地享受一顿漫长的午餐。

当然——不知这个词用在此处是否合适——我们在菜市场里也喝了啤酒，真是一群酒鬼（笑）。

最近白芦笋上市了，我计划着要是碰上，一定要多买点。能与好朋友们一起享用今年第一顿白芦笋，多有意义啊。可惜，寻遍室内菜市场里所有的蔬菜店，都没有找到。

我们在蔬菜店买了新鲜的蘑菇和叶子菜，在肉铺买了牛里脊肉和香肠，在火腿店买了火腿和面包，最后在巧克力店买了小蛋糕。

这些食材化身成一顿丰盛大餐，正适合配红酒。

　　说起来，平时哪有机会做七个人的饭菜呢，这次好不容易逮着机会，我光是想想，就不由得兴奋，跃跃欲试。人多就是好，好几天都无法消耗的面包，很快被一扫而光。

　　今天准备的都是我喜欢吃并且常吃的，幸而大家也吃得津津有味。

　　开心！

　　吃完饭，天色已完全暗下来。我醺醺然地去上德语课。

　　德语对我来说很难，正常时脑子就不够用，更别说喝酒后了。不过有得必有失，我因此长久地沉浸在幸福的微醺中。

　　企鹅先生要回日本了，算起来这是近期我俩能一起过的最后一个周末。

　　我下决心要更放松地去感受在柏林的周末时光。

　　对了，我正在读内田洋子的《蒙特雷吉奥：小小村落中的行走书店》^①，里面有段话特别精彩，分享给大家：

> 选书，好似买一张通往未知地的车票。行脚书
> 贩是车站里的工作人员，是在旅途中让我们吃上便
> 当的售卖员，是为我们搬运行李的"小红帽"，也是
> 让我们抵达目的地的司机。

据说在以前，意大利有一群人，每天背着沉重的书
籍行走在大大小小的村落里，为当地人送去一本本书。

翻看《蒙特雷吉奥：小小村落中的行走书店》，我从
心底深处再次涌现出对书贩这个职业的感激之情。

谢谢你们哪。

①日文书名为モンテレッジォ 小さな村の旅する本屋の物語，内田洋子
著，讲述位于意大利托斯卡纳深山的一个小村落中，有一群人挑着担子售
书的故事。

3月15日
年轻人！

　　企鹅先生回了日本，我再次开启与百合音的同居生活。

　　柏林前段时间转暖了，最近又倒春寒，还淅淅沥沥地下起了雨，搞得人浑身沉甸甸的。幸好那些花草树木不曾退缩，又鲜又嫩的芽一个个鼓鼓胀胀的，仿佛下一秒钟就会绽开。

　　想来春天很快就会正式登场吧。

　　企鹅先生回日本前给我做了很多干咖喱，这份心意很是可贵，因此，连着几天我专心开发企鹅牌咖喱的吃法。

咖喱是很"随和"的食材。昨天，我用咖喱抹面包，很不错。之前还把它当料头拌荞麦面，浓郁鲜香；又拿它做汤底煮乌冬面，清清爽爽，非常开胃。当然，把它直接盖在白米饭上，也是极好的。

企鹅先生心细，提前把咖喱拆成了小份冷冻，我每次吃，拿出一小包即可，不用担心变质；又因为他做的是基础版咖喱，我再加工的时候可以按自己喜好，往里面加不同的食材。

企鹅先生，棒棒哒！

下午去了按摩店。这家按摩店是我经常光顾的，可以说它是我在柏林生活的精神绿洲。

在通往中央车站的路上，我遇见一大群年轻人。他们每个人手上都拿着一块手写标语牌，看上去是在参加环保游行活动。

在柏林生活的这段时间，我频繁地遇到游行。比如前几天，就有一场反对核能发电的，听说最近还会有一场反对柏林房租涨价的大规模游行。

稍微想想就能明白，一个人只有大声说出自己的诉求，别人才能听见，而政治家们只有在看到民众的身影，听到民众的声音之后，才有可能朝着民众希望的方向摸索、努力。

都说民心是最大的政治，全世界的政治家们会如何听取这些年轻人的声音，又会如何对待他们的诉求呢？

不说远的，就和一年前的相比，今年冬天的气温明显要高出许多。有些人可能会无所谓，甚至因为空调费变少了而高兴。然而，现实情况真的已经变得严峻了。

假如我们每个人都钻进钱眼里，所有决策都为经济让步，那么总有一天，地球会被蚕食殆尽，人类只能自食恶果。

世界上能有多少政治家能在做决策之前，认真想一想一百年、两百年之后的世界会是什么样呢？我从心底期望所有人都能记住，这笔账最后总要有人来还，由今后千千万万的年轻人、由我们的子孙后代来还。

加油吧，年轻人！

巧克力店 3月19日

我看到家门前公园里的樱花盛开了，艳若红霞，美不胜收，比其他树都更早地宣告着春天的到来。

两年前，我看着柏林街头的樱花，不知为何总觉得那不是樱花，而今再看，已经有了完全不一样的感受，那就是樱花啊……

今年，一定不能辜负春天，我要站在盛开的樱花下做个认真的赏樱人。

冬天的时候，我在家附近发现了一家很棒的巧克力店。

商店其实开了很久，一直静静伫立着，我很多次从它面前走过，因为从外面看不清里面到底是什么模样，便自说自话地给它划上了不好的印象，没有进去。直至今年冬天某日，我突然兴起，生出一探究竟的心思，结果进去后被深深地吸引了。

　　这是一家非常棒的巧克力店，完全长在了我的审美上。

　　作为一家巧克力店，巧克力自然不用说，要说的是它的货架上还陈列着各种各样的糕点。糕点都很好吃。它们给我的感觉，就像村里有一位善于烘焙的奶奶，趁着星期天，为家里人做了许多糕点，其间蕴含着朴素而真挚的情意，味道扎实，每一个都足以抚慰人心。

　　以前，我偏爱法式点心店里的糕点，那些点心店普遍都有着严肃优雅的门头。自从偶然尝到这家巧克力店的糕点后，我再也看不上其他的了。

　　它们从来不会太甜腻，它们是轻盈的，让人吃了一个还想再吃一个，简直可以一直吃下去。不管是巧克力蛋糕，还是芝士蛋糕，抑或苹果馅饼，都十分美味——

却又不会过于美味（这一点很重要）。

我是他家糕点的忠实"粉丝"，若非要挑毛病，那就是店里的蛋糕总是随机出现，让人找不到规律。有时候我想买巧克力蛋糕，去了才发现，今天店里没有做。——这就比较让人头疼。

店里有一款蛋糕，我给它起了个名字，叫作"梦幻橘子蛋糕"。它是我偶然买下的，只尝了一口，我就立刻被俘虏了。就是它！从此之后，我都是它的俘虏。

梦幻橘子蛋糕用的奶油绵软洁白，介于奶油甜酱和鲜奶油之间，隐约透着一丝丝酸味，它被海绵蛋糕坯和橘子肉裹住，最外层还覆了杏仁碎。

有一次，我在别的店里看到表层裹满杏仁碎的蛋糕，无比喜悦，"太棒了！又买到了！"回家一尝，发现里面的馅料根本不一样——就很伤心。

说起来，德国的奶油甜酱格外可口。从孩提时代起，我就喜欢吃各种奶油甜酱做的糕点，来德国后，简直就像耗子掉进了糖窝窝。

再发散地说几句，德国的橘子也好吃，口感介于橙与橘之间，所以我和企鹅先生给它起了个别名：橙橘。

小时候，橘子都是一纸箱一纸箱买的。在冬天，一家人围坐在暖桌旁时，橘子必不可少。直到长大后，橘子才吃得少了。

今年冬天自从发现橙橘，我一有时间就会掰开一个——今年是长大后橘子吃得最多的一年。

梦幻橘子蛋糕中间，夹的正是橙橘。

前几天我带百合音出门散步，回来路上，抱着聊胜于无的心情拐去了巧克力店，结果看到最爱的梦幻橘子蛋糕端端正正地坐在玻璃橱窗里。

没做梦吧？我有些不敢置信。直到回家煮了一壶红茶，心中犹在窃喜。天哪天哪！我紧紧握住手中的叉子，慎重地挖下第一勺。果然还是很美味，满足极了！很快，整个蛋糕全进了我的肚子。

唯一遗憾的是，没能跟企鹅先生分着吃。

到底是谁做的梦幻橘子蛋糕呢？假如与我想的一样，是某位胖乎乎的，围着碎花围裙的奶奶就好了。

这样一家令人眼前一亮的巧克力店就在家门口，世上还有比这更让人觉得幸福的事吗？

最近我送人的伴手礼，都是从他家买的巧克力。

今天下午的德语课暂停，于是我有了充足的时间。

先在外面慢悠悠地散步，回家后做辣椒油，接着看池村玲子的书。

池村玲子是一位定居柏林的现代美术家，其个展正在东京国立新美术馆展出。我好想去现场参观。

书名叫作《不属于任何地方的我》①，由日本平凡社出版，十分动人。里面有不少句子平和却饱含力量，很容易让人产生共鸣。

另外，池村玲子的生平活动、思维方式，在很多方面都与我的很像。我们都住在柏林，有一天会不会相遇呢？

这个世界上，有太多太多优秀的人。

看完书，再煎个饺子，顺便看看辣椒油成色如何。

眼看着白天一点点变长，很快要进入夏令时，等到

———————————

① 该作品名称在日本被译为『どこにも属さないわたし』。

那时白天会变得更长吧。

听说，这是最后一年实行夏令时。

呃，要不要喝红酒呢？眼下我真的很烦恼。

春 3
月
30
日

春天，春天，春天，春天。目之所及，皆是春天。又新又嫩的叶宝宝，在这里，在那里，争先恐后地迎接新世界。

新绿，多么美的颜色啊。

倘若我只经历过东京的冬天，那么我必然不会像现在这般在漫长的等待后感受到春天的珍贵，不会有如此深的感触。

前几天，我偶然踅进一家书店买了书——我人生中的第一本德语书。

一见到书封，我就知道，这本书属于我。它讲述了伫立在世界不同角落的八十棵树，这本书不管是装帧设计还是内页插图，都美好得令人恍惚。

德国真的有特别多这样朴素自然、沉静美好的书呢。

老实说，以我三脚猫般的德语功夫，并没有信心能够从头读到尾，但因为喜欢，即便要一边查字典一边看，也不会觉得痛苦。

我不贪心，一天只看一棵树就好。

今天周六，是个大好的晴天。

大家从昨天开始就已经蠢蠢欲动了。

昨天去超市，看到豌豆很新鲜，我想都没想就买了回来，所以早上煮了豆子饭。——说到春天，我第一个想起的总是豆子饭。

因为是周末，我小小地奢侈了一把，又做了鱼。鱼是鲑鱼，我上周在鱼铺买的，提前用酒糟味噌腌制过。

柏林的鲑鱼很新鲜，我很喜欢吃，可每周出去买实在麻烦，便一次性买了一堆回来，全浸在酒糟味噌里。

家里没有烤鱼的设备，我将腌制好的鲑鱼抹上面粉，再放进平底锅里煎。

我做拌饭时，习惯在刚煮好的白米饭上淋少许芝麻油（这样处理的好处是就算时间长了，米饭也能保持粒粒分明），可企鹅先生不喜欢，因此他在家的时候我很少做。今天趁企鹅先生不在，我痛痛快快地淋了芝麻油，最后撒了一点盐调味。

豆子拌饭，煎鲑鱼，再配一碗鸡蛋味噌汤。

哇，真好吃。这是什么"神仙"早餐啊！

剩下的豆子饭，我捏成了饭团打算当夜宵。因为煎鲑鱼太香了，我没舍得一次性吃完，特地剩了一些揉进饭团里。

在家做鱼只有一点不好，那就是鱼腥味无法避免。

我住的公寓有些年头，且没有换气扇，每次做鱼，家里至少有两三日会弥漫着鱼腥味。恐怕邻居们对我家最大的印象就是会飘出鱼腥味。说实话，我都有些担心，也不知会不会给他们带去困扰。

接下来我要去参加女生聚会。看天气实在好，特地选了一套麻料连衣裙。这也是我今年第一次穿麻料连衣裙出门。

聚会地点是在咖啡馆，不过我觉得不一定非得喝咖啡，边赏新绿边喝红酒也是极好的。毕竟又挨过一个漫长冬天迎来春天，还是很有必要奖励自己的。

此前停滞的诸多事情，今天也都有了进展。比如回复早该回复的邮件，整理早该整理的琐事。身体器官要排毒，手边的事情也要清理干净，只有这样，我们才能更轻盈地去迎接春天，讴歌春天。

明天，德国就要进入夏令时了。

4月8日，爱狗大叔，偶尔还有爱狗大妈

难得周日，我带着百合音去了湖边遛弯。

去时我们坐的德国轻轨，花了约莫三十分钟。一路不断有人上来，车厢里拥挤，我怕会有人不小心踩到百合音，便索性将它抱在了腿上。

偶尔有人把自家爱犬放在座椅上，大家不会说什么，但我还是觉得不妥，遇到类似情况，我总是把百合音抱在腿上或怀里。昨天亦是如此。

因为时间比预想的要久，我便拿出随身携带的文库本读了起来。过了一会儿，我听到百合音吧唧起嘴巴的声音来。怎么回事？

原来是坐在前排的大叔，正在给百合音喂食。

百合音开心得啪嗒啪嗒甩着尾巴，似乎在催促：快再给我点！我却有些困扰。

大叔肯定没有坏心思，是因为喜欢才喂百合音吃的，问题是百合音对一些食物过敏，一旦不小心吃进去，就会出现痒症。

平时，我对百合音的吃食非常上心，一直有意控制，直到最近它的瘙痒才终于止住。倘若前排这位爱狗大叔能提前跟我打声招呼，那么我就可以跟他说明"您的心意我们领了，只是这只狗吧，对一些食物过敏"，从而避免百合音被随意喂食。

目前的情况是一方愿喂，一方愿吃。看百合音眉飞色舞的样子，大叔喂得更来劲了。

这种事情上，反倒是小朋友们更有分寸。

德国小孩每次都会事先征询狗主人的意见："请问我可以摸摸它吗？"等到狗主人给予了肯定的回复，他们还会做一个动作，那就是让狗狗闻闻自己手上的气味，并真诚地和狗狗打招呼，之后才会抚摸狗狗。

整个过程堪称完美。

总的来说，不打招呼就给狗狗喂东西吃的人，年纪都偏大，其中又以大叔大爷居多。

他们总在衣服兜里准备一些小零嘴，见到狗就喂。招猫逗狗，是他们的一大爱好。

我自己很喜欢狗，自然能够理解他们的心情，倒不至于厌烦，只是，世界上确实有些狗对一些食物过敏，因而我衷心希望他们在喂食前能够打声招呼。

而且不可否认，大部分人是因为喜爱，出于好心，才会给百合音喂零嘴，但谁能保证没有意外情况呢？有些人就是心理阴暗，他们可能会给狗喂有毒的食物，或者故意滋扰小狗以获得内心的愉悦。万一百合音真的因他人喂的食物而出事甚至丧生，该怎么算？谁来负责？光是想到那种可能性，我心都要碎了。

我想，家里有小孩的人最能理解我的心情。人心隔肚皮，我们成年人很难分辨对方到底是好是坏，何况小孩和狗狗呢？

回日本期间，我总是委托一个小姐姐帮忙照顾百合音。听说她家附近有一位大叔，天天拿着零食等着喂百合音。

每次小姐姐制止，他便问："你说它这个不能吃那个也不能吃，那它到底吃什么？"小姐姐回答："苹果。"此后，大叔就将苹果切成小块放在保鲜盒里，专门等着百合音过去。

这样的爱狗大叔，倒还可以。

很久以前，我还不会说一句德语，曾碰到一位爱狗的阿姨给百合音喂吃的。百合音平时很少吃添加物多的食物，突然吃到，身体受不住，立刻都吐出来了。

当着人的面，我觉得怪不好意思的，只能赶紧牵着百合音走开。

这个世道，即便只是小狗的零嘴，处理起来也很棘手呢。

与之前相比，湖边焕然一新，染上了春的色彩。

人们按自己的喜好，或野餐，或读书，惬意地享受烂漫的时光。有些年轻人甚至迫不及待地跳进了湖里。

阳光真好啊，照在身上暖暖的。

回家路上，我拐到附近的冰激凌店，却发现门口排起了长队，只能无奈作罢。

没能吃成冰激凌，心里稍有遗憾，回家后我马上拿出一瓶啤酒。

这个季节，最适合吃冰激凌，喝啤酒了。

今天路过花店，看到郁金香实在漂亮，忍不住买回了家。

企鹅先生发来邮件，说法国巴黎圣母院大教堂起火了。

怎么可能？

我不敢相信，赶紧上网查，原来是真的。只见大教堂被熊熊烈火包裹着，隔着屏幕我都能感受到那滚烫的火焰，难过得说不出话来。

印象中，巴黎圣母院一直是雄伟宏大的代名词，它美得无与伦比。每次去巴黎，我必定会抽出时间去参观。

紧邻巴黎圣母院，有一个铺着葡萄架的广场，氛围特别宜人，我曾坐在那里看过好几个小时的书。那不过是几年前的事。

　　我一个日本人都难过成这样，可以想象，巴黎人得
悲伤到何种程度。

　　视频中的人，他们在现场，看着熊熊火焰却束手无策，
只能茫然地看着。他们的身影刺痛了无数人的心。这一刻，
不只巴黎人，全法国人都沉浸在巨大的悲痛之中。

　　唯一能聊以自慰的是，这场火灾不是恐袭事件。

　　思绪不断放飞，我忍不住想象，事情若是发生在日
本，什么东西被烧才能与之相当呢？浅草风神雷门被烧？
不够；镰仓大佛被烧？也不够；只能是富士山被烧毁一部
分了……

　　正如富士山是大和民族的精神象征，巴黎圣母院也
是法国人的心之归所。

　　第一次去巴黎，同时也是第一次去欧洲时，我还很
年轻，不过二十上下。当时我和姐姐一起，参加的旅行团。

　　那时入住的酒店离巴黎市区其实很远。即便如此，毕

竟是人生的第一次巴黎之旅，我还是兴奋得不得了，只觉得目之所及都那么美。下车后，我毫不犹豫地钻进了酒店旁的超市，看着任何东西都觉得新奇，最后买了点心回房间品尝。

点心是布列塔尼蛋糕，味道与布丁相似，又糯又弹，是布列塔尼大区的特色。大部分布列塔尼蛋糕里，都嵌了李子。——当然，彼时我并不知道它的名字。

那已经是好久之前的事了，当时欧元还没投入使用呢。

冰箱里恰好还剩着很多牛奶，平时也不怎么喝，要不做点什么？我随意翻开一本烘焙书，记载着布列塔尼蛋糕的那一页映入眼帘。

布列塔尼蛋糕制作起来很方便，甚至无须黄油，家里现有的材料就足够做了。我想这就是天意吧。它让我今天做布列塔尼蛋糕，也算是为遭遇火灾的巴黎圣母院大教堂哀悼、祈福。

我很喜欢坐游船欣赏塞纳河两岸的风光，只因这实在太有名了，我有些羞于承认。实际上，每次去巴黎，只要有时间，我都会去塞纳河乘坐游船。

按常规路线，游船在巴黎圣母院站往前开一段，就会掉转方向返回。因此，船上的游人可以从前面、侧面、后面等角度全方位地欣赏巴黎圣母院，可以说，这正是游船路线的精髓。

巴黎圣母院是神奇的，从前面看，它端庄优雅；从后面看，它怪诞滑稽，给人的感觉完全不同。这片区域是巴黎人极钟情的休闲场所，河畔总是挤满人群，浑似被大教堂吸过来的。

我尤其喜欢站在游船上，眺望这幅风景。

前几日，我去了德国柏林威廉皇帝纪念教堂（Kaiser Wilhelm Gedächtniskirche）听《安魂曲》（Requiem）音乐会。

柏林威廉皇帝纪念教堂又被称作德国的"原爆穹顶"①，它在第二次世界大战中遭到破坏，后来不曾修复，而是被原模原样地保存了下来。

_____

① 日文为原爆ドーム，美国向广岛投下原子弹后，距离爆炸中心约160米远的广岛县产业奖励馆被炸得只剩一面墙和一个钢铁穹顶，此地作为废除核武器和祈求永久和平的象征被保留下来。"原爆穹顶"由此得名。

我第一次看到它时，内心受到了极大的震撼。

音乐会在战后修建的新教堂大厅举行。这里最打动人的就是那面贴满蓝色正方形玻璃的墙，据说有两万多枚。人置身其中，只感觉到一种不可思议的安宁。音乐回荡其中，格外优美。

能欣赏到如此精彩的音乐会，我何其有幸啊。

听说巴黎圣母院再建计划已提上议程。拥有悠久历史的巴黎圣母院遭遇了火灾，固然令人遗憾，法国人面对残缺，重建再修，也将向全世界呈现出属于法国人的品位和天赋。

我热烈期待着巴黎圣母院以全新的风姿苏醒过来的那一天。

周末，我用培根和芦笋烤了洛林糕①。

———————————

① 一种咸口法式甜点，以酥皮饼底、无盐黄油为主要原料制作。

4月19日
与藤子一起
在樱花树下

恰逢德国复活节，连休四天。周五、周一，中间夹个周六、周日。我干脆宅在家，专心看纪录片。

《华氏11/9》①、《孩子教会我的事情》②、《旅行的纸箱》③……一部接一部，相当过瘾。

---

① 原名为 *Fahrenheit 11/9*。

② 原名为『子どもが教えてくれたこと』。

③ 原名为『旅するダンボール』。

今天看的是《藤子海敏的时间》[①]。

藤子海敏作为公众人物活跃在大众视野中时，已经到了暮年时期。她的母亲是一位钢琴老师，她从小在母亲的培养下接受精英教育，却一直未能成为钢琴家。人生过半之际，遭遇了可怕的事故，因此丧失了听力。也许是因缘际会，她的音乐天赋反而被激发了出来。不过，直到一个纪录片节目讲述她的故事，她才开始被世人注意，并活跃至今，经常在世界各地举办音乐会。

已过八十高龄的她，总是说"我的心境还在十六岁"。

她没有经纪人，演出方面所有的事和问题都是自己决定，自己解决。

像小提琴、小号等，因为体形小，它们的演奏家可以带着自己惯用的乐器满世界跑，做到人与设备最佳融合。但是，对于庞大的钢琴，钢琴家无法做到这一点。钢琴家演出时只能用主办方准备的钢琴。这比我们想象中的，还要考验钢琴家。

藤子在布宜诺斯艾利斯演奏时，主办方安排的钢琴

———————————

① 原名为『フジコ・ヘミングの時間』。

几乎是给小孩练习用的，与她所期望的音色相差甚远。这时候，演出迫在眉睫，观众已经买了票、落了座，钢琴更不可能更换，现实情况使得她只能用那台钢琴演奏。

很明显，藤子无法妥协。为了音乐会，她夜以继日地练习，到了现场，却要用这么一台钢琴。

或许有人会说，多数观众根本分辨不出音色的不同。

或许有人会觉得藤子矫情，钢琴嘛，只要能出声就可以了。

可是，懂的人一定能分辨出来，而且说到底，用自己不满意的乐器来演奏，这根本不是藤子的本意。

藤子苦闷的样子，深深触动了我。

藤子出生于德国柏林。一生中，不管是回日本（她母亲是日本人），还是三十岁后再回柏林留学，都是为了学习音乐。

现如今，她一年中几乎一半时间都在巴黎的公寓里度过。其他时间，要么在圣莫尼卡，要么在京都。若是出门旅行，长时间不在巴黎，她就把自己的小狗寄养到柏林友人家中。

纪录片里，也出现了她拜访柏林老家以及学生时代寄宿的房子的画面。

藤子将自己深沉的情感俱化作了乐音。她是那么爱人，爱动物，将热情毫无保留地倾注给所有的生命。

纪录片中，我看到她不声不响地将身上的钱赠予在路上遇到的流浪汉。那一刻，她真美。因为自己淋过雨，所以总想着给别人撑把伞。因为自己前半生受过太多苦，所以总是力所能及地对别人好。

藤子的现场音乐会，我只听过一次，精彩绝伦。她曾说过"我把一生献给钢琴，虽死而不悔。"听着她的演奏，方能真切地理解这句话。

真希望哪一天，她能来柏林开音乐会。

看了藤子的纪录片，我再次体会到了活着的可喜之处、可爱之处。

生命那么美好，那么精彩，切勿辜负。

与之相反,看完《华氏 11/9》,我的内心被愤怒填满了。

必须感谢拍出这部纪录片的迈克尔·摩尔。结局部分,特朗普成为总统候选人,应该是他开的一个玩笑吧。

将社会问题当作娱乐,眼睛只盯着收视率看的媒体固然不对,有些政党做的事情也着实荒唐。

发生在弗林特市的水污染事件[①],同样令人毛骨悚然。

经济先行,将经济效益放在第一位,其结果就是密歇根州弗林特市的饮用水中铅含量超标,许多市民的身体健康因此出了问题。

自来水中铅含量超标,这简直荒谬,然而这么荒谬的事真实地发生在美国这样一个发达国家。

真的真的太糟糕了。

今天也是晴天。

等一会儿,我要带着菜籽去市民农园种蔬菜。

---

① 2014 年,美国密歇根州的弗林特市为节省财政开支而变更水源,使居民喝下含铅量超标的河水,继而导致十余人死于军团菌病,当地十万人遭受两年之久的毒水之害。

四连休最后一天，天空依然晴朗。

上午的工作是核对文库本样稿，结束后吃了黑米饭配鲑鱼，接着出门去做热瑜伽。热瑜伽十二点开始。

呼……汗水不断地淌下来，真爽啊。

会所的桑拿室，每年夏天的白天都不开，想要痛痛快快出汗，就得做热瑜伽。做热瑜伽好处很多，其中之一，肩颈能松快不少。

回家后，看着外面的好天气，心中骚动，我决定再出门。

这次的目的地是公园。我让企鹅先生把读者来信收拢在一处，从日本寄了过来，此时正好带上。至于零食，是热瑜伽场馆送的一个苹果。

我在公园水池前铺好坐垫，开始翻看信件。

透过一个个文字，我似乎看见了远在日本的读者们的面孔，每一封都深深地触动着我，颇有以文会友的感觉。

偶尔抬起头，只见洁白粉嫩的八重樱花瓣洋洋洒洒地落下，水池一隅立着几只美丽的白鹭。公园里人不少，大家随心所欲，晒晒太阳，吃吃东西，惬意非常，还有人吹起了小号。

看着眼前的风光，我只觉得内心平静而安宁。

今天收到的信里，有这样一句话："您不用着急，按照自己的节奏来就好，期待您再为我们带来佳作。"

一瞬间，眼眶胀胀的、热热的。

我何其有幸，能够收到读者朋友这般诚挚贴心的赠言。

信也好，卡片也好，对我来说，来自读者的每个信息都是一次极大的鼓励。

我想给所有读者朋友写回信，却囿于种种原因，难以实现，只能将感激之情藏在每部作品、每个文字中。

谢谢你们，每一位温柔守护我的读者朋友。

接下来的计划是，回家后用大虾和蘑菇做意大利面。

前几天朋友送了我一些银杏果，说是在公园里捡到的——超级好吃。

此刻，柏林春光烂漫。

全勤奖

4月27日

今年二月第二周开始，我每个星期上两节德语课，每次从傍晚开始，持续九十分钟。截至本周，课程顺利完结。

可喜可贺，我从未缺过一次课，得了个全勤奖。对此，我相当满意。阿糸，干得不错！

第一次上课时，班里总共有十六名学生，等到最后一天结业，只剩下三名。一个是来自哥伦比亚的弗雷德里克，一个是来自波兰的皮瑶特鲁，还有一个就是我。

课上到后来，简直成了私教课，对我来说，真是赚到了。

除我之外，班里还有一名日本女生，但她上完前三

节后再也没出现过。

大家都有事要做，不来肯定有自己的理由，只是我觉得，都已经交了学费，不来上课多少有些可惜。听人说，大部分德语课都这样，少有人从头坚持到尾的，人数总是越来越少。

为了奖励自己的全勤，我买了刚上市的草莓吃。

红红的草莓，淋上酸奶和蜂蜜，一口一个，是春的味道啊。

太幸福了。

我第一次来柏林，恰逢白芦笋最鲜嫩的时候，去店里点炸肉排，结果老板给了一大堆白芦笋当配菜，将盘子塞得满满当当。

不知不觉，已经过去十一年。而随着岁月的流逝，我对白芦笋的爱与日俱增。

昨天，我去市场买周末要吃的白芦笋，却见店员脸上浮现出不可思议的表情。

许是因为我只买了五根。

我似乎听见了他的内心独白："五根，这么精确?!"哈哈。

可对我来说，五根又胖又嫩的白芦笋真的刚刚好。

偶尔在外面吃饭，点一道白芦笋，结果服务员端上小山一样的分量，说实话我很感激他们的热情，但也相当头疼。浪费东西不好，可我真心吃不完啊……

以前，我吃不惯柏林人做的白芦笋。他们的做法很简单，用水煮，煮到软趴趴的就算完事。最近可能习惯了，我也觉得比起硬硬的口感，还是多煮一会儿比较好。

白芦笋不煮透的话，会有一股奇怪的生涩味，让人不忍入口。相反，煮透之后，其中的甜味被吊出来，鲜甜可口。

白芦笋与鸡蛋一起吃最适宜，我一般都是配荷包蛋。

不过我最喜欢的，还是白芦笋与火腿的结合。

买火腿时，请老板切成几近透明的薄片，用它来包裹刚出锅的、热腾腾的白芦笋，鲜得人眉毛都要掉了。我觉得，这是白芦笋最美味的吃法。每次要请人吃饭，或者犒劳自己时，我就会想起这道菜。

今天，我和斯特法妮·费伦巴赫一起去逛展览馆。她是我德语课上的同学，第一节课时我俩一组。

斯特法妮出生于加拿大，是一位艺术家，她的作品满含着自然的气息，优雅美丽。

这次她带我看的马丁 - 格罗皮乌斯博物馆（Martin-Gropius Bau）的展览，真的很棒。对我来说，部分现代艺术过于前卫和晦涩，我无法欣赏它们的精妙，以致忍不住焦躁，而此次展览，它更多地站在观众的角度，让观众迎面感受到"美"，整体参观下来，我只觉得愉悦、轻松。

此外，马丁 - 格罗皮乌斯博物馆本身也很有魅力。作为艺术家，能够在这样的地方展示自己的作品，想必他们都会觉得幸福吧。参观过程中，斯特法妮就几次表示"我也想在这里办个展"。

斯特法妮，不要慌，我相信这一天必将到来。

我和斯特法妮交流都用德语。

　　我说："以前咱俩的德语水平和两三岁小朋友的差不多，现在已经达到五岁小朋友的水平，有进步！"话音落下，两个人哈哈大笑起来。

　　虽然交流还是磕磕巴巴的，但与两年前相比，我们确实有了长足的进步，值得嘉奖。

　　告别斯特法妮后，我回家做了蘑菇汤。

　　做汤过程中，我把之前烤的洛林糕从冷冻层中拿了出来，放在微波炉里加热。

　　就这样，一边准备晚餐，一边听着钢琴曲。

　　春天可真好啊。

　　我越来越爱春天了，都不知该如何用言语来表达内心的欢欣。

　　仔细想想，以前我每一个春天都过得仿佛在地狱里，不是得了花粉症，就是身体其他部位出了状况，总之没什么好事。

　　两年前的春天，我刚来柏林时，总是莫名其妙地咳嗽流鼻涕，痛苦得就差对天咒骂。至于去年是怎么过的，我干脆记不清了。

然而今年春天，毫无疑问，我被幸福团团包裹着。看到鲜花盛开，我欢喜；听到鸟儿鸣啭，我沉醉。除了深深感叹，道一句"春天好美"之外，我竟然什么都做不了。

从未想过有朝一日，自己会如此沉浸在春天里。

仙人掌之爱 5月5日

　　我也不知什么时候开始的，只要在路上看到合心意的，就会忍不住带回家去。结果就是，家里多了许多模样相似的仙人掌。

　　以前，我习惯把它们摆在卧室里晒不到太阳的窗户边，并没怎么留意，直至最近几个月，我把它们全挪到阳光充足的地方，亲眼见证仙人掌宝宝如何一天比一天多起来，才发现它们好可爱。

　　最开始它们只是小小的一粒粒的，但攻势迅猛，横七竖八地向外扩张，前后拍的照片对照着看，更能看出变化来。

它们性子活泼，为了沐浴更多阳光，会像太阳能板一样，自发调节每一片茎节的方向和角度。从上往下看，仿佛千手观音，又好像在做广播体操，一会儿倒转身体，一会儿又扭过来做前屈动作。不仅可爱，还很聪明。

等到太阳落山，它们就垂下脑袋，像在给谁鞠躬一样，静静等待翌日清晨新一轮阳光的来临。

这些顽强的小家伙，有朝一日会不会开花呢？

日本从明天开始就进入"黄金周"。

隔了一个浩瀚的大洋来审视，我不禁认识到，按日本目前的社会机制，单纯增加法定节假日数量并不能从根本上解决问题，依旧会有人休不了假。而且，多数公司职员虽然可以连休，但是要在放假前后疯狂赶工，整体折算下来，身心并不能得到什么放松。

年号的改变①在我看来，并没有多少意义，日本政府却将它和经济深度捆绑在一起，通过这种手段那种手段

---

① 自 2019 年 5 月 1 日起，日本的年号改为"令和"。

来刺激消费，让大家去购物。这渗入骨髓、熊熊燃烧的商业之魂，委实令人敬佩。

德国学校没有统一的放假安排，各州自行决定学生几时放暑假。家长们则根据孩子的假期来选择自己的休假时间。通过这种方式，人们实现错峰出行，不至于造成交通拥堵或者混乱。

另外，各州的节日时间也不尽相同。

与德国不同，日本采取全国统一的休假模式。十连休，听起来美好又奢侈，对大部分人来说固然是好事，可那些一直在店里干活的人，想必会累得抬不起胳膊吧。

晚点我要去跳蚤市场，找一块三十公分宽的正方形面板烤盘。

希望能找到。

面板烤盘是用来做毛巾卷的。有些东西在日本很常见，柏林却没有，毛巾卷就是其中之一。所以我只能自己动手。

除了面板烤盘，我还打算买些花，回来插花瓶里。

明天是母亲的生日。

我与母亲的关系一直不好，如今阴阳相隔反而亲密了起来。说实话，对此，我自己是很震惊的。

莓果沙拉
5月12日

　　草莓上市了。前几天开始，路边随处可见小商贩提着一小篮一小篮的草莓，红艳艳、水灵灵的。这是每年这个时候不变的一道风景线。

　　各人对季节的感知不尽相同，于我而言，比起日本，我在柏林更能体会到时光的流逝。某些东西只在特定季节才出现，"时令"一词在德国得到了充分阐释。其中又以草莓为最。

　　在日本，几乎一年四季都能见到草莓，在德国，真的只有最近这一小段时间。整个城市都弥漫着草莓的香甜气息，就好像在举办一场草莓盛宴，令人再愉快不过了。

走在路上，经常能见到人们手上提着一篮篮草莓。

昨天，我也在小摊上买了草莓。一袋半斤，两点五欧元；又恰逢母亲节，摊主搞优惠促销，三袋只要六欧元。正好晚上有客人上门，我干脆就买了三袋。满载而归！

说起来，百合音也很喜欢吃草莓呢。

昨晚的活动是女生聚会。算上我在内，所有人都从事艺术相关工作。很好，这很"柏林"。

主食是自己做的洛林糕。我最近很迷它，为了做出理想的洛林糕，一逮着机会就尝试。

洛林糕最难的部分在于蛋糕坯。将面粉、鸡蛋黄、黄油搅拌均匀后放入烤箱，烤制过程中，糕身不能出现裂缝和裂痕，否则后续倒入液体的时候，液体会流出来。小心再小心做好蛋糕坯，这是制作的关键。

洛林糕馅料复杂，很多人因此望而却步，实际上那些食材处理起来并不难，只是比较费时间，需要提前做好规划，留好余量。倘若慌慌张张，紧赶慢赶，则必然会"翻车"。一般来讲，提前一天做好面糊，置于冰箱冷藏，等它充分发酵，这样是最好的。

总的来说，洛林糕的制作比其他糕点确实更费精力，它有几个大步骤，必须一步一步来，无法一气呵成，但是只要认真对待，它肯定会回以美味。

昨天，我买了应季的"行者大蒜"叶，还有蘑菇、火腿，全部细细切碎当作馅料，之后就光荣地卡在了蛋糕坯上。

虽然我已经尽可能地耐心细致，糕身上还是不可避免地出现了几条裂缝。能不能把缝堵上呢？我急得差点哭了，绞尽脑汁想了很久，"啊，昨天烤的芋头还在！"最终，采取了用芋头泥给蛋糕坯补"伤口"的作战策略。

感谢芋头，我的洛林糕总算幸免于难。

洛林糕还有一个特别伤脑筋的地方，那就是在烘焙完成前是没法儿尝味道的。花了许多精力和时间，如果最后的味道不怎么样，岂不是很受打击，而且还有客人上门……我有些忐忑。

前菜准备的是莓果沙拉。洗好草莓和蓝莓，用橄榄油和黑醋汁拌一下，最后撒上一些胡椒粉，一碟春意盎然的沙拉就出炉了。

接着做白芦笋火腿。这个时候的白芦笋，最是鲜嫩。如前文提到的，我最喜欢它和火腿搭配。将火腿切成透明的薄片，团团裹上沸水焯过的白芦笋，塞进嘴里，一口一个，鲜得眉毛都要掉了。

昨天我奢侈了一把，买了意大利产的生火腿。但说实话，口感还不如德国本地熟火腿的。白芦笋是在市场里买的，又嫩又白。我原计划每人四根，结果不小心数岔，买了十七根回来。上桌没一会儿，它们就进了我们四个人的五脏庙。

对我来说，这一碟白芦笋算得上珍馐中的珍馐，美味中的美味。

最后，主角洛林糕登场。不是我王婆卖瓜自卖自夸，这次烤得非常成功。我本想着，万一没烤好，赶紧去附近饭店买个比萨回来救急。呼——这下提着的心可以放下了。

　　我们四个女生战斗力十分可观，很快就解决掉了一个大大的洛林糕。

　　今早，我还沉浸在女生聚会带来的美好余韵中，热了最后一块洛林糕当早餐。

　　真是再幸福不过的早上（中午）！

　　下一次，要做什么口味的洛林糕呢？

　　最近，我大脑中掌管烹饪的那块区域分外活跃。

明天要启程前往意大利，今天一天都在家里忙忙叨叨地做着准备。

这次去的是博洛尼亚。博洛尼亚大学组织了一个名为"NIPPOP"的活动，邀请我作为嘉宾参加。

以前去意大利，我曾好几次在博洛尼亚坐出租车前往一家我很喜欢的乡村饭店，因而对这里的车站十分熟悉，至于城市街头，这次是第一次踏足。

它会是什么样呢？我不禁期待。

从柏林到博洛尼亚，坐飞机只要一个小时多一点。

　　每次从柏林出发去别的地方，我总要为一件事发愁：带什么伴手礼才好呢？回日本时还好说，选项有不少，到柏林之外的欧洲其他城市，我就不知道了。像这次去博洛尼亚，完全没有头绪。

　　我向身边人打听，好几个人都觉得年轮蛋糕、茶叶、巧克力都还不错。还有个人说："还用想吗，当然是杏仁软糖（Marzipan）！"对哦，柏林有很多家专卖店的杏仁软糖都很好吃。

　　如此，选出了本次伴手礼的最终获胜选手。

　　我慢悠悠地往西边的杏仁软糖专卖店走去，顺便带百合音散步。

　　实际上，我并不怎么了解杏仁软糖。德国有种专门在圣诞节吃的糕点，叫作圣诞杏仁面包（Stollen），里面就用了杏仁软糖，确实很好吃。——只是再好吃，它也是烘焙品，能大口大口地往嘴里塞吗？我很好奇。

　　推荐杏仁软糖的是一位美食老饕，在饮食上很有见地，既然是他推荐的，我想肯定错不了。

　　除了作伴手礼，我打算自己也买一点。那么，几时吃合适，该配什么茶呢？人还没到店里，我已在脑子里设想了很多。

然而事不凑巧，我走到店门口，发现上面挂了个"临时休息"的牌子。呃……只能隔着橱窗玻璃欣赏杏仁软糖的身姿了。

好不容易往西边来一趟却碰上这事，我有些失望。

我振作精神，想起有家店里卖的一种巧克力里面裹着杏仁软糖，就打算去那儿试试运气。结果——这家店虽然还卖巧克力，却已经不是之前那个味道了。

连续被两家店挡在门外，这个感觉可真不好。

最后，我去经常光顾的茶叶店买了一些日本茶叶，又在附近的巧克力店买了少许生松露。

其实真要论起来，意大利才是巧克力的主场，有许多好吃的巧克力，从柏林买了带过去算什么呢？不伦不类。然而，杏仁软糖买不到，一时间也没有别的更好的办法了。

德国小面包其实也是一个备选项，我每次回日本，都会买上一些，但不用想也知道，意大利人肯定更喜欢自己的面包。另外，像香肠、萨拉米①这些德国传统食物，意大利也有。所以，到底该买什么带过去，我真是没主意。

要说日本人最喜欢的伴手礼，非年轮蛋糕不可。

年轮蛋糕是一个神奇的存在，它的名字来源于德语"Baumkuchen"，在日本很常见，在德国却很少见，其他欧洲国家就更不用说了。而且比较起来，日本年轮蛋糕的味道比德国的更好。

事情就是这样。我的伴手礼购物之行，最后变成了单纯的遛狗活动。回到家，我上网查找博洛尼亚相关信息，有的没的都了解了一通。一天时间，就这样懒懒散散地过去了。

到意大利后，我会有一整天的空闲时间，要不要趁机去趟佛罗伦萨呢？

最近，我净吃意大利面食了。

意大利面食真的很神奇，怎么做都好吃，怎么吃都不

---

①萨拉米：一种腌制肉肠。

腻。所以，虽然明天就要启程去意大利了，今晚我还在吃意大利面食（笑）。这次，我吃的是芋头猪肉酱通心粉。

我打算明天过去后，顿顿还吃意大利面食。

这次旅程时间短，只有五天四夜，不过因为家里没人，有些事情还得提前处理掉。我先把冰箱清空，再把盆栽里的葱剪了，接着把衣服洗掉，然后给植物浇水，一顿忙碌下来，发现要做的事情真不少。

正好趁机整理一下屋子，或者说整理下自己的生活、自己的思路，也蛮好。

雨中拉韦纳

周日上午，我抽了半天时间去佛罗伦萨。

我想在这里吃午餐，目标也很明确，市场旁的某家咖啡馆。在诸多咖啡馆中，我挑了一家门头质朴的走进去。店里弥漫着悠久岁月沉淀后的痕迹，恰恰是我最喜欢的风格。

老板娘一看就是利索人，把店里打理得井井有条。正好是午餐时间，店里挤满了客人。听我说要吃饭，她立刻在卫生间前架起一扇轻便屏风，为我搭了张临时餐桌。

若是按照我平时的习惯，怎么可能在卫生间前落座吃饭，好在有了屏风的阻隔，倒也不怎么硌硬。

我能感受到老板娘对客人的用心，这就足够了。

心情莫名有些激动，明知是大白天，并且傍晚后还有工作要处理，我仍然点了起泡酒。

起泡酒好大一杯！我小小地吃了一惊。这家店的氛围很是让人舒适。附近的居民陆续走进来，老板娘每每看到熟面孔，总会亲热地跟他们问好拥抱。后厨的帘子不断被掀起，美味的食物源源不断地端了出来。我仿佛误入某部电影中，心中溢满幸福的泡泡。

真是太爱这种感觉了！你也喜欢吧？—— 我无数次同身体里另一个自己对话。

一家充满温情的咖啡馆，一家令人喜悦的咖啡馆。在这里，即便是我不喜欢的卫生间前的位置，我也可以像这般坐上好几个小时。

看了眼身边人的餐盘，我很想试试前菜拼盘，可惜最近胃口欠佳，实在吃不下太多东西，最后只点了一份面食。今天有三种面食可选，我选的是茄汁通心粉。

在我埋头吃通心粉的时间，店里又不断有客人进来。

我禁不住遐想，要是我住的地方附近也有这样一家咖啡馆，那该多好。

吃完通心粉，我不舍得走，于是又点了一份甜点和一杯卡布奇诺。

甜点是我早前见过，却一直不知道名字的饼干。趁着老板娘给我端过来的时候，我问她"这个叫什么"。她说了个单词，我没听懂。看我迷惑的神情，老板娘不停指着自己的眼睛。

饼干酥酥脆脆，中间夹着酸甜果酱，口感完全不同于我想象中的那样厚实。这样的"小清新"，我似乎还能再吃一个。

卡布奇诺也好喝。

比起其他店，这家的卡布奇诺牛奶放得格外多。一开始，我还以为老板娘错把谁的热牛奶端过来了呢。表面是一层细腻厚实的白色泡沫，挤挤挨挨，成了一张弹性十足的上等乳胶垫，简直可以托起一枚 10 欧分的硬币。藏在牛奶下的咖啡异常香醇，但只有一点点。

我不禁笑了。

很好，这非常"卡布奇诺"。

邻桌的老太太打扮得很时尚，背着香奈儿小挎包，两者相得益彰，完美体现了何为优雅。与她一起的，大概是她先生。两人只点了一份饮料。

因为实在太美，我忍不住拍了一张照片。

亲爱的女士，希望您看到这段文字时，能原谅我的无礼。

后来我请教了懂意大利语的朋友，才知道那个小饼干在意大利语中叫作"Occhi di bue"，译为"牛眼饼"。

原来如此，好贴切！

细细回想，那种湿润的感觉和牛眼一模一样呢。

6月5日
烹饪美味白芦笋的方法

最近每逢周末，我都会邀请几位女性好友来家里玩。一般是在周六晚上。因此，周六我早早出门采购一应食材，之后一整天就待在厨房里尽情捣鼓。

并非每道菜都要费心思。在柏林待久了，越来越适应这边的食材后，我便能发挥想象力，随性料理，真正享受起烹饪的乐趣。

运气不错，市场里有摊子在卖白芦笋边角料。

这边卖芦笋，都是一整根一整根地卖，偶尔有折断的，老板娘就把它们全部收拢起来，便宜卖给顾客。我买白芦笋是打算炖汤，反正汤炖久了，也看不清食材形状，断没断的根本不影响。正中下怀！

我把店里的白芦笋边角料直接包圆儿，果然划算许多。

回家后，我静下心来，开始给白芦笋清洗削皮。削下来的皮不扔掉，加水煮汤，再用这个汤来炖白芦笋，这样做出来的白芦笋汤口味更加浓郁。

只是我今天买的白芦笋委实有些多，做完汤还剩不少。怎么办呢？扔掉是不可能的。脑中灵光一闪，我想到可以用它来凉拌。虽然以前没有做过，但可以试一试嘛。

每次有人来做客，我都会提前用昆布和鲣鱼干熬制高汤。我就拿这高汤做底，加盐调味，再放入焯过水的白芦笋，拌一拌后放到冰箱里等它自然入味。

做这道菜，要点有二。一是白芦笋富含纤维，必须充分烹饪，煮得软软的才好吃；二是一定要冰镇。

我只是兴之所至，才做了凉拌白芦笋给大家当小零食吃，没想到它上桌后获得了最多的好评。

　　纤维与纤维之间，被鲜美的汤汁填满，白芦笋带有的少许甜味与鲜明浓厚的日式高汤充分调和，形成"1+1 > 2"的效果，最终成就一道无以言表的美味。

　　我简直想高喊一声："BRAVO!（棒极了！）"

　　除去白芦笋汤和凉拌芦笋，我还用杏子肉做了一份醋渍鱼肉，还用牛血管、干贝和海藻做了一道泰式嫩煎。

　　加上我，这个晚上一共有四名女生。我们每人端了一杯红酒慢慢饮，慢慢聊，想到什么就说什么。时间过得飞快，不知不觉就过了零点了。

　　甜点是朋友们带过来的蔬菜蛋糕。蛋糕很漂亮，口味细腻，惊艳了大家的味蕾。我从未想过，自己能够在柏林吃到这样的蛋糕。

　　说到蛋糕，我最近迷上了做海绵蛋糕。

　　我第一次做海绵蛋糕是在二十多年前，不想大"翻车"，以至于我一直觉得海绵蛋糕很难做。这次重新捡起来，才发现原来好简单。而且，做海绵蛋糕不需要准备特别的材料，家里有什么就用什么，所以只要我想，就可以立刻着手。

做海绵蛋糕用的面糊还能用来做毛巾卷，方法也简单：将面糊倒入正方形面板烤盘，置入烤箱，烤好后抹一层奶油，最后卷起来就可以了。只是面糊易做，面板烤盘难寻，也不知道哪天我才能做一次毛巾卷。

或许是因为德国人不吃毛巾卷，所以这边才没有做毛巾卷的工具买吧。

无论如何，我是不会放弃寻找面板烤盘的。

最近好热。

不久前还开着暖气呢，突然间就变成了酷暑。前天气温到了35℃，昨天和今天也都超过了30℃，一走到外面，闷热的风直往人脸上糊。

我以为从草莓的季节过渡到了杏的季节，却不想杏的季节已经过去，如今已是西瓜的季节。这周，许多行人的手上都拎着西瓜。

怎么办，我还没过够杏的季节啊……

迷惘的人们 _{6月16日}

我看了一部讲述难民生活的纪录片形式的电影，导演拜访世界各地的难民营，倾听难民们的声音，并将他们的生活场景如实地纳入镜头之中。

难民成为难民，各有各的理由。有些人是因为气候变化导致家园被毁，有些人是因为战争导致流离失所，有些人是饥荒之下不得不去寻找新的生存机会。总之，他们都离开了自己的祖国。

我看着他们的家园被无情摧毁，城市、小镇、乡村被破坏得再也看不出原本的模样，心痛得喘不上气来。

加沙被称为"没有房顶的监狱",是世界上最大的监狱。这里的少女说:"我们没想逃离加沙,只是希望想出去的时候随时能出去,到世界各地看看,想回来的时候随时能回来,只是这样而已。"

什么住豪华大宅、变身亿万富翁,不,他们并不奢求这些。他们只不过希望每天都能吃饱,不用再为食物发愁,并和家人快乐地生活在一起。他们要的,无非是作为人的基本幸福。这些基本幸福却被全部剥夺了。他们身无分文,只有从死神手中抢回的一条命。

正如孩子无法选择父母一样,一个人没有办法选择自己出生在哪个国家。

据说现在难民人数已经超过了有史以来的纪录。

与此同时,世界各国矗立的"墙"越来越长,越来越高。

通过墙营造的和平,是真正的和平吗?不,它永远只是暂时的和平。

这个世界上,很少的一撮人掌握着巨额财富。他们拥有的金钱,怎么挥霍都用不完,却依旧不满足,还要不断攫取更多的财富。他们富有的代价，就是越来越多的人不得不忍受饥饿和贫穷。如果他们把手里的金钱拿出来一些，分给难民营里的人，一切的问题可能都解决……

如今这种失衡，或者说这种不平等，到底算怎么回事呢？

被迫成为难民的人们，平均来说，至少要忍受二十五年这样非人的生活。

"人之所以为人，是因为人有作为人的尊严和骄傲，让人长期拥有身为人的尊严和骄傲，这非常重要。"一位从事难民支援活动的女性这样说道。

随着全球气候不断变暖，环境日益恶化，今后能供人类和乐生活的地方只会越来越少。这意味着我们将面临一个更加残酷的时代，到最后，大家很可能会为一口食物、一瓶水大打出手，以命相搏。一想到这个，我就忍不住感到恐惧。

现在这样的状态，绝对不能再持续下去了。

在日本生活时，我很难想象那些被迫成为难民的人如何生活，因为他们离我很远。来到欧洲后，难民与我的距离瞬间拉近了，难民问题由此成为我的身边事。

最近日语中出现了一种新的表达方式，什么"午饭难民""购物难民"，用以指代在某方面有不便的人。对此，我很不喜欢。

"难民"，一个多么沉重的词，我们应该以更认真、更感同身受的态度去对待它。

我们出生在日本，有幸过着相对富裕和自由的生活，但是，谁能保证自己有朝一日不会成为难民呢？我认为，所有人都不能忽视这个可能性。

云朵出生的日子 6月28日

日间气温一天比一天高，所以最近我都趁着早上太阳没出来的时候，带百合音出门散步。结果，几乎每天都会遇到同一个女人。她的手上也牵着一只狗。

我们一般是在附近的公园里碰见，简短聊上几句。其间，两只小狗在草地上随意撒欢，爱上哪儿就上哪儿，我们不管。

她的狗很小，才生下来半年，是一条小母狗，比百合音要小很多。

第一次相遇时，女人摸了摸百合音，大吃一惊，似乎不曾想过狗狗的毛发能够这般柔软。也难怪，她的狗是雪纳瑞，而雪纳瑞毛发大都硬邦邦的。

女人沉醉地摸着百合音，感叹道："好像白云啊。"

次日，我们又在公园里相遇了。

女人问："'云'在日语中怎么说？"

我答："KUMO。"

从那之后，只要遇见，她就会很开心地唤百合音为"KUMO"。

还真是，百合音看上去确实很像洁白柔软的云朵。

百合音出生在夏至，最近刚过完五岁生日。

夏至那天，我本想告诉女人今天是"KUMO"的生日，可惜这天没碰到她。

时间过得真快啊。转眼间，百合音已经五岁。

五年时光，照理说很漫长，跟百合音在一起，我却一点儿都不觉得。百合音是三个月大时来我家的，严格说起来，我和它在一起并没到五年，但这丝毫不妨碍时间如流水一般逝去。

我和百合音还会有下一个五年——不，十年——甚至更久的陪伴。也就是说，我们至少能在一起十五年。

到那时，我的百合音还能健健康康，无病无忧吗？

一想到这些，心情忍不住沉重起来。

对我来说，百合音仿佛太阳的化身，赠予我光明与温暖。

它能够来到我身边，真是太好了。

我真切地感受到百合音长大，是因为百合音"害怕"的东西变多了。还是小崽崽时，它一点儿都不怵打雷下雨，最近却开始害怕，尤其是闪电，每每看到都会发抖。一旦乌云密布，天色变暗，它就会下意识地躲到浴室去。

还有一点，就是它的喜好变得分明。我带它出门散步，半路上它一旦闹情绪，就会坚持到底，一步也不肯多走。

这样看来，百合音也算是很有"主见"的孩子呢。

更让我很佩服的是，百合音性格稳定。不管其他狗怎么挑衅，它都能视而不见；就算别人做了它不喜欢的事，它也不会因此记恨对方，总之，很是宽容大度。

　　要说它不好的地方，可能就是贪吃吧。路上看见食物，不管三七二十一它就往嘴巴里塞。我在旁边怎么劝导，怎么喝止，它都好像听不见，先吃了再说。吃得那叫一个干脆利落，如行云流水。

　　除此之外，它堪称完美。

　　我一直希望自己的性格能变得和百合音的一样。

森林深处

6月28日 子夜时分

波罗的海爱乐乐团在柏林爱乐音乐厅举办了一场音乐会。

最近，是传统的鞋盒式音乐厅好，还是新型葡萄园式音乐厅更好，引起了不小的争论，而柏林爱乐音乐厅正是葡萄园式音乐厅的一大典型。从外观看，它仿佛一顶巨大的马戏团帐篷，里面的座位却呈擂钵状排布，且排布得并不规律。要说风格，应该算是未来科幻风，宛如宇宙飞船。所以每次走进去，我都会很兴奋。

只要钱包允许，观众可以选择在不同座位，从不同的角度来欣赏一场音乐会。

此次音乐会名叫"子夜太阳（Midnight Sun）"。

观众入场时，全场的照明被调到了很弱的程度。

舞台上只零零散散地放了几张椅子。

音乐会开始后，整个音乐厅的光线被调得更暗，演奏家们从各个入口一边演奏乐器一边进入场内。不只舞台上，音乐厅的所有角落都响起了音乐声，它们缓慢地向舞台流淌、聚拢。

转瞬之间，观众被拉入一个梦幻的世界。

只见舞台上的小提琴和中提琴演奏家都站着表演，时不时地，还有其他小提琴演奏家身穿优雅美丽的礼服，赤着脚走上台。

音乐会意在表现自然与神秘，浑似一场子夜时分在森林深处举办的秘密音乐会，而我们所有观众都是被黑夜精灵邀请过来的。

有些音乐章节紧迫感十足，给人以巨大的压力，观众置身其中，仿佛正行走在一片薄薄的冰面上，然而下一刻，风格骤变，小提琴独奏激情四射，带来磅礴的力量，令人陶醉。

作为特别嘉宾出场的中提琴，也与管弦乐完美地融合在一起。

　　其间还夹杂着小鸟鸣啭、动物嘶吼，愈发逼真地引领观众来到子夜时分的森林里。夜里清冽的风，植物潮湿的吐息，宛如就在眼前。

　　我不由得回想起那次在拉脱维亚经历的夏至庆典。彼时现场流淌的空气，与如今现场流淌的空气一模一样，充盈着对大自然的感激之情。所有人都为自己此时此刻站在这里，由衷地感到欢欣。

　　我原本就很喜欢波罗的海沿岸的国家 ①，今天听到这样的交响乐，更加喜欢了。

　　音乐会共演奏了七首曲子，浑然一体。其中一首由阿沃·帕特（Arvo Pärt）创作，他是我很喜欢的一位爱沙尼亚作曲家。

　　一般来说，演出都有休息时间，但这次没有。而且令人震惊的是，没有哪一位演奏家是看着谱子演奏的。

---

①指位于波罗的海东岸、芬兰以南的三个国家，由北至南分别是爱沙尼亚、拉脱维亚和立陶宛。

换言之，站在舞台上的所有人都是在脱稿表演。

子夜时分，万籁俱寂，然而在最深处，依然有什么在流淌着，跃动着。

还有一点令人印象深刻，那就是演奏家们本身。

每一位站在舞台上的演奏家，都个性鲜明。他们穿着蓝色系或红色系的服装，有的将腰身折成一柄圆满的弓，以饱满外放的情绪演奏；有的则面色平静，动作幅度很小，牢牢地将热情敛在身体内部。但在专注力上，大家是一样的，他们仿佛从现实世界中脱离了出去，浑然沉浸在另一方天地中。他们的神情、姿态、动作，无一不在传达他们对音乐的热爱，对登台表演的喜悦。这份情绪也清清楚楚地传入每位观众的内心深处，感染着在场的每个人。

毫无疑问，对他们来说，能够站上柏林爱乐音乐厅的舞台是莫大的荣耀。

克里斯蒂安·雅尔维（Kristjan Jarvi）的指挥也精妙绝伦，令人感动。

假如你以为古典音乐的世界总是一成不变，那就大错特错了。组织者、演奏家、指挥家都在以自己的方式努力，打破固有外壳，探寻新的音乐表达形式。此次音乐会就是一个很好的例子，而在我们不知道的世界其他角落里，类似的变革也在不断推进中。我很期待，它最后会进化成什么样呢？

另一方面，我认为，比起老实地坐在椅子上，盯着乐谱演奏，像这次这样在舞台上随意站立，自由移动，对于演奏家们来说也更愉快。

不畏艰难、勇敢挑战的姿态，总是最有魅力。

音乐会持续了将近两个小时，中间没有休息。在正式表演结束后还有返场。返场时，男女分成两组，表演了混声合唱。

一群演奏家唱起歌来也很好听，这是我没想到的。许是因为音乐会已经圆满完成了，每位演奏家都非常放松，与之前完全不同的音色响彻音乐大厅。

我喜欢这样的歌声！我从内心深处由衷地感动！

最后，全场观众自发地起立，为他们鼓掌喝彩，高呼"BRAVO"。

演奏家们一边演唱，一边往舞台两侧退场。

从音乐厅出来已是晚上十点多了，外面的天空还亮着。

今年我没能去参加夏至庆典，却在这场音乐会中意外地体会了一把参加夏至庆典的心情。

据主办方发的宣传册介绍，参加此次音乐会的演奏家，主要来自爱沙尼亚、拉脱维亚、立陶宛，此外还有波兰、俄罗斯、芬兰、丹麦等国。

这种全新的表演模式，在此刻或许只是一记微弱的声响、一簇微小的火焰，但终有一天会成为世界的主流，不是吗？

7月8日 正是这样的时候

到达首尔的酒店时，只见酒店前人山人海。

更准确地说，才拐进酒店前面那条路，一阵奇怪的气氛就扑面而来。出租车迟迟不能往前走，路上尽是拿着长枪短炮的人，看样子应该是媒体人士。

好不容易进到酒店里，又有人过来要求打开我的行李箱，要求检查里面的物品。

这家酒店怎么回事？

我正在疑惑，却听到不知从哪儿传来的特朗普的声音。呃，看来我是碰上了来韩国首尔访问的美国大总统。难怪穿黑衣服的这些人各个神情肃穆，草木皆兵。

我办理入住的时间恰好与特朗普办理退房的时间撞在了一起，酒店方面应该也没见过大总统的阵仗，工作人员颇为慌乱，最后的结果就是，我没能成功办理提前入住。

　　那怎么办？

　　回头一看，通往外面的门也被锁上了，我想出去也没办法。无奈之下，我只能一边喝着草莓汁，一边静静目送特拉普总统离开。

　　后来才听说，特朗普总统从这里离开后，还要去拜访朝鲜领导人金正恩，所以去了板门店①。

　　突然间，我感觉自己被一只无形的手推进了政治的旋涡中。

　　此次我来首尔是作为日本代表来体验韩国文化，加深对韩国的了解。

　　与我一同参加活动的还有中国电影导演、韩国音乐

---

① 位于朝鲜半岛中西部、北纬 38°线以南 5 公里处。1953 年 7 月 27 日，朝鲜停战协议在此签订。它是朝鲜战争和朝鲜半岛分裂的见证，也是当今朝韩双方最为敏感的前沿地带。

家、俄罗斯电影编剧、德国摄影师、英国记者、韩国优兔（YouTube）博主、加拿大电影导演、美国记者，大家在主办方韩国形象传播研究所（CICI,Corea Image Communication Institute）的组织下欢聚一堂，花一整天时间感受韩国的传统文化与现代雄姿，并在次日研讨会上发表心得感受。

第二天的行程安排也充实又紧密。上午是研讨会，下午有来自《韩国日报》《朝鲜日报》《中央日报》等主流媒体的密集采访，晚上则要与世界各国大使及相关人员共进晚宴。

活动开始后，这个行程，那个安排，时间一下子就过去了。

凑巧的是，我们这边正如火如荼地推进研讨会和采访，同一天，日本政府发布了限制对韩出售半导体零部件的政策。

从政治角度来说，七月八日或许可以被记载为日韩两国关系出现致命裂痕的一天。然而站在采访现场，这一天我过得很愉快。我能够清晰地感受到，我作品中想要表达的东西都毫无阻拦地传递到了韩国读者的心中。

这是我第二次访问韩国。

上次是在去年十二月，受韩国外交部邀请，参加图书音乐会。当时时间短，日程紧，我根本没空去接触韩国文化，因此心中一直存有遗憾，想着要是能再去一次就好了。

不承想，短短半年后这个愿望就实现了，可谓意外之喜。

以前我对韩国的印象同多数日本人一样，是"虽近却远的国家"，然而通过此次文化体验活动，我发现日韩两国人民可以在很多方面找到共鸣。

比如对待大自然的态度——这是西方人很难理解的。

我认为，日本人和韩国人有不少相似之处，在大和民族与大韩民族精神底层流淌的许多元素是共通的。只不过因双方表层性格不同，有时候难免有摩擦。

然而随着世界一体化的推进，很多问题已经不再是单个国家或民族的事，必须举全球之力去解决，像日韩这样有着很多共同点的邻居，此时更应该放下成见和争执。

进一步来说，所有的东方人都应该手牵手，大声告诉西方人："一直以来，你们都把自己放到自然的对立面，这是不对的。你们可以像我们这样与自然和谐共处。"

我认为，这才是我们应该去做的。

第四天，我与韩国自由撰稿人、女作家金荷娜面对面聊了很久。

金荷娜算和我同龄，她在作品中描绘两名女性与四只猫一起生活的场景，向读者展示了一种松弛的生活方式。我早前就看过她的文字，一直很期待能与她见面。

虽然我们语言不通，需要通过翻译才能交流，但是，对话的流畅度也好，话题的深度也好，都远超我的期待。我们实现了一场触及心灵的谈话。

而说到此次来韩我收到的最珍贵的礼物，就是和广大的韩国读者朋友们现场直接交流。我没想到会有这么多人来参加见面会，也没想到我的小说翻译成韩语后，能给韩国读者带去如此温暖、美好的感受，就如同日语版带给日本读者的那样。

在此，感谢所有译者老师！倘若没有你们的精湛翻译，这根本不可能实现。

结束与金荷娜的对谈后，我参加了主办方在大使馆官邸准备的晚宴。晚宴上，我见到了翻译家科娜姆，我作品的韩语版多由其翻译。此外，还见到了代表韩国文化的年轻作家郑世朗。我们用日语和韩语穿插着聊天，享受了一顿既热烈又融洽的晚宴。

政治层面上，日韩两国确实处于很糟糕的阶段，但在文化层面上，我们彼此尊重，彼此友爱。

我想说，融洽关系来之不易，是许许多多前辈呕心沥血换来的，它对双方来说，珍贵又美好。这样的关系，绝对不能被政治的利斧一刀劈断。

越是在紧张、敏感的时候，日韩两国人民越是应该加强文化方面的交流，强化彼此的联结。

最后一天，我没有工作安排，所有的时间都属于自己，便在首尔的街头东逛逛、西走走，淘一些韩国的器皿。众所周知，韩国白瓷是极好的。结果真淘到了一个宝贝

——我在古董街买到了一个李朝时期^①的器皿。

很好！我会好好爱护它，把它同这段韩国之旅的记忆一起，悉心珍藏。

---

① 朝鲜李氏政权（1392—1910 年），简称李朝，是朝鲜半岛历史上最后一个统一的封建王朝。

　　早上起床后，一边喝茶一边浏览网上的新闻，这是我每天必做的事。但是今天，新闻还未更新。

　　这个小意外让我突然想到了电影《新闻记者》，便去找了预告片来看。

　　预告短短一则，只能隐约呈现电影的大致轮廓，却依然给我带来了巨大的触动。我真挚地希望在日本大选这个特殊阶段，能有更多人去看这部电影，进而认真思考。

　　上周，我去日本驻德国大使馆投了选票。日本公民只要办理了"海外投票选举证"，那么就算身在异国他乡，也能轻松地参与到选举中，而办理该证无需复杂手续。只是我万万没想到，很多人弃权，大家竟然连这点精力都不愿意花。

要知道，选举是法律赋予公民的义务和权利。我们绝不能人云亦云，而应仔细地想清楚自己到底想要一个什么样的国家，审慎选择后再投下神圣的一票。不参加选举，相当于将自己的生活、自己的将来，随意交给别人来主宰。世界上还有比这更危险的事吗？

以前我也说过，要说德日之间的差异，其实并不是很大。

在环境保护和人权意识方面，德国确实做得更好，但它同样存在很多问题，比如至今还在大量使用塑料制品。

另外，德国是不允许宰杀猫狗的。小动物一旦失去饲主，就会被名为"无主动物收养所（Tierheim）"的组织收养。它们可以待在这里，等待新饲主的出现，等不到也没关系，收容组织会照顾它们直至逝去。这当然是很好的制度。然而，民间有如此多的无主动物收养所存在，恰恰也从侧面说明了有很多人轻易遗弃小动物。

有人遗弃的同时，有人接收。

这是德国与日本的不同。

德国也有极端排外的极右势力，与此同时，有一股
力量会对他们的行为说"不"。因此整个社会并不偏向某
一方，而是平衡的。当一方往某个极端冲的时候，对立
的另一方会重重踩下刹车，将局面扳回正道。

我认为这种平衡感是德国有，而日本没有的。在平衡
机制下，没有谁一方独大，总是有所约束，所以不管什
么事都不会像多米诺骨牌一样哗啦啦一倒到底，而是可
以在某处停下。那么，为什么德国能形成这样的平衡感？
因为他们在第二次世界大战中受到了惨烈的教训，因此
努力从根本上规避可能出现的问题，避免重蹈覆辙。

这一点上，日德之间有着巨大的差异。

有些东西看不见摸不着，但确实存在，且非常重要，
它与我们的生活息息相关。而这些重要的东西的形成，
很大程度上由国家政治决定。在这里，我想强调的是，
如今正好有一个能够决定国家政治走向、履行主人翁权

利的绝好机会，为什么不把握呢？选举投票又不是多麻烦的事情，为什么不参与呢？

毫无疑问，德国民众比日本民众更清楚，政治主导权是掌握在自己手里的。

我初中时的愿望是长大后成为新闻工作者。更确切地来说，是在报纸上拥有自己的专栏，成为专栏作家。一直到现在，我依然对新闻记者抱有极大的尊重。

我常看的报纸里，有一位很喜欢的女记者。只要是她执笔的文章，不管篇幅多少，我都会找来看。说起来，我很少会被新闻报道触动，但是她的文章既有深度又有温情，余韵悠长。

我每次看完，还会生出写信的欲望，想请她来读一读我写的文字，等拿起笔却又彷徨。我该写些什么，该如何落笔才合适呢？心中紧张，结果写信的事就一拖再拖。

我想，或许有一日我能在现实生活中见到她，在那之前，我得挺胸抬头，活出一番样子来。

最近，越来越频繁地听人们说媒体正在走向衰败，我自己也真切地感受到了这一点。那么，假如放任它继续这样下去，会有什么样的未来等着我们呢？我想，每个人都有必要认真想一想。

我希望终有一天，所有新闻记者都能像她一样写尽心中所想，不受约束。

任何权力都不应该剥夺一个人表达自我的自由。

我期待着早日看到《新闻记者》上映。

为所有参与这部电影制作的人们鼓掌，感谢你们勇敢地挑战了这个题材。

亲爱的朋友，为了今后不后悔，请去投上你宝贵的一票吧。

VOTE!

恐惧的内核

7月18日

那天之后，我开始看《新闻记者》的电影原著小说。

小说作者是望月衣塑子，是《东京新闻》社会部的一名记者，因为曾对时任内阁官房长官菅义伟"穷追不舍"而成为热点人物。她和我差不多年纪，是一位女性。

看完这本小说，以前模糊的很多事情都变得清晰，我忍不住深思起来。

揭露加计学园丑闻的日本前文部科学省事务次官前川喜平，曝光自己被性侵经历的日本记者伊藤诗织……望月记录的许多事件，虽然笔触克制，却足以震撼人心，以至于我看完之后除了"荒谬"一词，竟不知还能再说什么。

如望月自己所言，她并非想立社会派人设，也不是就自己的私事申诉，只是存有疑惑，才会不断地追问。仅此而已。而这个世界，正是因为有了这些真诚、热心的人，大众才能了解事情的真相。

难道不是吗？

最近有两则新闻令我心生惧意。

一则是，有位男性盲人走在人行盲道上被人撞了，撞人者破口大骂："知道自己是瞎子，还一个人在街上乱走，你有病啊！"

最后的结果是，这位男性盲人的盲杖被撞断了，对方不但没有道歉，反而还踹了他一脚，之后扬长而去。

世上竟然有这样恶劣的人，我不知该说什么才好。

另一则是，安倍晋三首相在北海道札幌发表街头演讲时，有市民在台下起哄，遭警察扣押带离现场。

乍看到这个消息时，我极度震惊，怎么会这样？然而，这样的事情确确实实发生在日本，这个所谓的民主主义国家。

　　一个人只是行使了自己作为公民的权利，提出反对意见，就被堵住嘴巴，捆住手脚。换作是我，在同样情况下喊出反对的声音，毫无疑问，也会被立刻驱赶出现场。换作你，换作他，结果都不会改变。他们绝不会跟你讲道理。

　　太恐怖了，再也没有比这更可怕的事了。

　　世界如此广大，怎么可能只有一种声音？只有一种声音的世界，才是不正常的。然而，这样不正常的状态广泛地、真实地存在着。

　　在我看来，上述两则新闻在某种程度上是紧密相连的。由衷地希望，走上政治舞台的人都拥有健康的三观，有妥善的处事方法，能兢兢业业为人民做应该做的事情。只有当这样的候选人、这样的政治家出现得越来越多，国家才能变得更好。

7月23日 《我的邻居希特勒》

犹太裔历史学家埃德加·福伊希特万格（Edgar Feuchtwanger）幼年时期住在希特勒家对面，他长大后回忆彼时情景并忠实地记录了下来，于是有了《我的邻居希特勒》这本书。

因此，这本书并非虚构的小说，而是基于历史事实写下的回忆录。

时间回到 1929 年，埃德加五岁的时候。

埃德加的父亲就职于一家出版社，伯父是著名的反法西斯运动家 —— 利翁·福伊希特万格（Lion

Feuchtwanger）。这本回忆录里，利翁经常以"伯伯"的身份登场。

也是从这时起，埃德加发现周围人对犹太人的态度逐渐变得奇怪。即便如此，家庭内部依旧安宁和谐，福伊希特万格一家待在他们的别墅里，尽情享受夏日假期。

当时支持希特勒的人只占极少数，大部分人都把他当作笑话，并未将他看作对手。

第二年，埃德加的父亲与伯父利翁之间有了下述对话。

父亲问："假如那家伙掌握了政权，怎么办？"

伯父答："绝无可能！上次选举，他的得票率连3%都不到。在我们这样发达的民主共和国家，那家伙怎么可能取胜？战争爆发以来，大家都在呼吁'和平执政'，所有的人不是和平主义者，就是不愿再战斗的士兵、公务员、左翼分子，或者共产主义者。"

然而就在这一年，希特勒在选举中的得票率飙到了18%。

少年埃德加身边有一位善良温柔的女性，名叫洛兹，专门负责照顾他的生活起居。埃德加很喜欢洛兹，洛兹经常给他念报纸上的新闻。

有一天，洛兹流着泪对少年埃德加说："任何战争都不能给人类带来幸福。魏玛① 不是联合制，而是民主制。民主制意味着什么？意味着每一位公民都可以参与投票。1918 年以来，我们女性也拥有了投票权。感谢魏玛宪法，如今的德国即使放在全世界来说，也是先进的。"

及至 1931 年，希特勒的支持派与反对派之间关系日趋紧张，冲突与日俱增。

次年，也就是 1932 年，埃德加母亲下了死命令，要求家里每个人都不能对外透露自己是犹太人的事实。

---

① 1918 年至 1933 年期间采用共和宪政政治体制的德国，于德意志帝国在第一次世界大战中战败、霍亨索伦王朝崩溃后成立。其使用的国号为"德意志国"。"魏玛共和国"是后世历史学家对这一政权的称呼，非政府正式用名。

令人悲伤的事发生了。

少年埃德加的同学开始一个个疏远他，他在学校里被彻底孤立。

1933 年，希特勒成为德国首相。福伊希特万格一家开始商议，要离开德国移民到其他某个地方去。只是，具体事宜并未推进。

父亲强调："总之，只能先等着看这次选举结果出来再说。我想，大家也该受够这些人的专制独裁了。是人就会渴望和平，而且，想看什么报纸就看什么报纸，想去哪里旅游就去哪里旅游，想去哪里散步就去哪里散步，这是人的基本自由。三月五日的议会选举，我估计纳粹党选票到不了半数，搞不好形势逆转，他们会惨败哩！"

不久后就发生了国会纵火案，据说纵火者是一名荷兰年轻人。

希特勒以此为借口迅速作出反应。他要求总统保罗·冯·兴登堡通过议会颁布了紧急总统令，发布了《国会纵火法令》以及《反对背叛德国人民者和策划活动的总统法令》。希特勒给出的理由也很冠冕堂皇——守护民主主义。

根据《国会纵火法令》第一条，国家临时剥夺了魏玛共和国保障的绝大多数居民的自由和权利，包括人身自由、言论自由、结社及在公共场所集会的自由、保护通信及通话隐私的权利、保护住宅及私有财产的权利等。

自希特勒掌权以来，学校里老师们的态度也都改变了。

埃德加八九岁时使用的笔记本上，留着"万字符"图画，还有从报纸上剪下来的希特勒照片。

渐渐地，先行服从的空气逐渐蔓延开来，直至侵蚀一般平民。1934年，冲锋队①成员飙升至三百万人——就在不久前，他们还是大众眼中的异类。报纸头条上写道，90%以上的当权者表示赞同希特勒，德国正计划在

---

① 德国纳粹党的武装组织，德语为 Sturmabteilung，缩写为 SA。

近期退出国际联盟。

时光迅速流逝，一年比一年更让人窒息。看着埃德加的文字，我仿佛也穿越到了那个年代，感受到了不能自由发言的可怕氛围。

这些都不是虚构的故事，而是曾发生在一个民主主义国家的真实事件。

前几天的日本大选，结果出来了。

比起最后谁当选，说实话，我更震惊于投票率之低。

历史上那么多血淋淋的教训摆在眼前，假如我们不吸取教训，民主主义迟早会崩塌。到时候，社会会变成什么样子？想必很恐怖吧。

现如今，日本社会上弥漫着一股奇怪的风气。有些人喜欢以高人一等的姿态嘲笑比自己弱的人，有些人明明犯了错却若无其事，在他们眼中，严以律人、宽以待己才是正确的。多么可怕啊，更加可怕的是，这类扭曲的价值观存在于社会角角落落，连小孩子都没能避免。

　　对此，我由衷地感到恐惧。

　　希望下次选举，投票率能有所上升。

7月29日
无脑手工活

晴朗的夏日，一丝云也没有，近几天都是绝好的天气。

只是，作为从小吃尾花泽的西瓜长大的人，此时身在异邦，我不管吃什么西瓜，都感觉差了点意思。倒不是说柏林西瓜不好吃，只是……

我已经许多年没吃过尾花泽的西瓜了。

有一个妇女聚会找我去玩，我便出了门。

这次聚会是一位朋友张罗的，跟女生聚会没什么两样，只不过因为参加人的年纪大一些，便成了妇女聚会。

确实，人都会长大，不可能一直都是小女生。要不趁此机会，今后全都改成妇女聚会好了。

我们说好各自做东西，带过去一起吃。因为我是第一次参加，不晓得该带什么，思考许久，最后做了散寿司和脆皮芝麻鸡胸肉。

人多时，散寿司做起来最是省事，吃起来也方便。

有些人嫌散寿司麻烦，要将食材一样一样处理干净再耐心地切成丁，我却特别喜欢这样的"无脑手工活"。

这次做散寿司时，我甚至没有放音乐，而是打开了一本书，手上动作一直不停，眼睛三不五时地看上几眼。

书名为《五十人》，是韩国年轻作家郑世朗的新作。它围绕医院展开，讲述了五十个人各自的故事。每个人的故事都不长，很快就能看完，正适合手上做些不费脑的小活儿时来看。

虽然还没看完，但我已经可以下定论：这本书好有趣。

实际上，前段时间去首尔访问时，我曾在大使馆组织的晚宴中见过郑世朗。彼时我并未拜读过她的作品，而此刻我恨不得跑回她面前，向她表达内心的钦佩之情。真的太好看了！

　　最近，我在有意识地阅读韩国文学。

　　这次妇女聚会，我准备散寿司和脆皮芝麻鸡胸肉，是因为我想用特地从日本带过来的分上下两层的饭盒。

　　这个饭盒可以说是我的心头好，每次我拎着它出门，心情就像好多女孩拎着名牌包一般。一路上，食物的香气隐隐约约地透出来。路过的各位，不好意思，勾得你们肚中馋虫出来了，希望你们大人有大量，不要见怪哦。

　　聚会非常愉快。一共十来人，大部分我都不认识。大家一起坐在露台上，恍若置身某个开阔的河岸，随意饮食，畅快聊天，时不时抬起头看看无垠的天空，直到太阳完全落下去。

　　其中有些人刚从日本旅游回来。

　　我忍不住感慨，真好，柏林汇聚了各种各样的人呢。

　　脆皮芝麻鸡胸肉是我第一次尝试，没想到获得了大家一致好评。

真幸运！

它的制作方法并不复杂。提前用盐曲将鸡胸肉腌制一晚，让它入味，取出后裹一层鸡蛋清，再仔细撒上芝麻，最后放入油锅里炸至酥脆。这样，即便凉了，还是能闻到馥郁的芝麻香味，尝起来十分可口。

我原打算用白芝麻和黑芝麻各做一份，可惜家里只有黑芝麻，量还不够，做到半路竟然用完了。无奈之下，我只能用罗勒来顶替。万幸，这样炸出来的鸡肉也是喷香的。

散寿司这东西，向来做起来费时间，吃起来却很快。这次也是，几乎转瞬间就进了大家的五脏庙。

回家的路上，我只觉得心中既宁静又雀跃，忍不住一晃一晃甩着空空的便当盒。

翌日，我去了常去的市场。看到有摊位甩卖蚕豆，我条件反射一般又买了一些回家。不过，后来处理的时候，才发现这次买的蚕豆要比以往买的都小——还是蚕豆宝宝呢。

蚕豆不带枝叶，但要剥掉外面的硬壳。很好，我又可以做"无脑手工活"了。

这次买的量着实不少，第一天我做了炸蚕豆吃，剩下的一半留着第二天早上做了蚕豆饭。

蚕豆饭是我喜欢的，我用它捏了几个饭团，带着去蒸桑拿。

让人晕乎乎的炎炎夏日里来一场热乎乎的桑拿，简直爽极了。

桑拿房里的温度要比室外高不少，出来后，我只觉得整个身心都凉快了下来。

天气还很热，但夏天已经走到了尾巴。

那还等什么呢，得抓紧时间大口大口地吃西瓜啊！

夏日远足 8月4日

《表达的不自由展·那之后》被中止展出了。

既觉意料之外，又似意料之中。一时间，诸多复杂的情绪涌入心头。我再次意识到，这就是如今日本的现实。

假如我们允许并逐渐习惯这类事情发生……

只是想象一下这种可能性，就觉得无比憋闷。喜欢，讨厌，高兴，不爽——随便怎样都好，我已经搞不明白了。

我一直认为，一个人面对艺术作品时有所思考，从而得出自己的理解，这个认知过程具有重大意义。假如我们放弃思考，未来会变成什么样？要知道，不管什么东西，一旦失去了，再想拿回来是很困难的。

　　然而令人悲哀的是，自由表达权也好，基本人权也罢，这些非常非常重要的东西，正在如今的日本被随意践踏着。

　　明天我要去蒂罗尔州。

　　蒂罗尔州位于德国南部与意大利北部中间，隶属于奥地利。

　　我一直梦想着要去，这次终于成行了。

　　企鹅先生和百合音留下来看家。

　　有位好朋友去年过世了，她留给我一个背包，这次我打算带着它出行。从衣柜里拿出来时，背包里掉出来朋友生前的笔记、糖、圆珠笔……只见皱巴巴的字条上写着"炭，洗衣液，大豆，大米，面粉"。

　　我的这位朋友很喜欢大自然。她曾说过："每次出门旅行，其他暂且不论，大米肯定是要带的。"

　　这个小小的背包里，浓缩着她的人生。

我恍恍惚惚地想，就在一年前，她还活在这个世上呢。

人生真是无常。

8月
12日
天鹅与湖

蒂罗尔州比我想的要大很多，而我对它的了解却很少。

从柏林乘坐高速铁路先到慕尼黑，再在慕尼黑乘坐地方电车到加尔米施 - 帕滕基兴，之后转另一趟电车往大山深处去，直到位于海特旺的普兰湖。

这就是我的行程。我是早上八点半坐上高速铁路的，晚上六点二十到达目的地，坐了将近十个小时的火车。

蒂罗尔州的这个小村里真的什么都没有。

村里只有一家面包店，营业时间从早上七点到十点，到点就关门，十分利落。这里也没有超市，村民们都习惯在家做饭吃，唯一的比萨店据说也是最近才开业。

嗯，幸好我路上趁着换乘时间买了一些吃的。

入目所见，除了山，还是山。而且，每一座山都十分险峻，黝黑的岩石坦然地裸露着。远远望去，山顶宛若一顶顶王冠，蕴含着凛然的气质。

当天晚上，我在雷鸣声中沉入了梦乡。

这里幅员过于辽阔，单凭电车和公交车，出行多有不便，我决定还是租一辆汽车。于是，次日我又回了加尔米施 - 帕滕基兴。

加尔米施 - 帕滕基兴颇有蒂罗尔州门户车站的意思，在此之后，我又好几次经过这里。

租完车，我立刻开着车去了塞费尔德。在这里开车很舒服，我兜了一圈，在镇上的餐厅吃了午饭。

此次旅行，我没有做规划，打算走到哪儿算到哪儿。更准确地说，网上关于蒂罗尔州的信息很少，更没有导游手册，我就算想做规划也做不了。而且，这里并非处处联网，我无法随时上网，只能老老实实地用自己的脚去丈量土地，用自己的鼻子去寻找食物。如此生猛原始的旅行体验，最近几年我几乎不曾体验过。

不做调查、不做规划的旅行，其实也很好。日常生活中很少能用到的动物直觉，在此得到了最大程度的发挥。我想，这或许才是旅行本应有的模样吧。

午饭后，我开始绕着湖徒步。

湖边开满了花，每一朵都盛着满满当当的喜悦。

到了晚上，我回到住的地方，自己做饭吃。之后，又一次在雷声中入睡。

天公一直不作美。

第三天我没有开车，上午步行去附近的古城参观。

走着走着，我听到了牛的铃铛声。再往前走，看到一片辽阔的草地，一大群牛正在上面专心吃草。咦，没有围栏吗？这样想着，我极目远眺，才发现原来自己一直行走在围栏里。

我走近牛群，牛群丝毫不怕人，也慢悠悠地靠了过来。

行到半途，道路变成一条险峻的山路。我吭哧吭哧地爬上去，又战战兢兢地穿过悬在两座山之间的一座长长的、吊桥，最后终于进入古城遗迹。

吊桥颤颤巍巍，是镂空的，我能清晰地看见桥下风光，只见阡陌交通，汽车穿梭其上。我心中恐惧，唯恐一个不注意失了平衡，直接摔下去。

呃，时至今日坐在桌前再回想，我还是忍不住心惊。

古城不曾经过修缮和保养，长久矗立在自然的怀抱中，早与周围的景色融为一体，腐朽得恰到好处。

以前的人可真厉害啊，竟然能搬来那么多石头，在这种地方建城。

瞻仰完古城遗迹，我开始往湖边移动。这里有家餐厅，我点了炸肉排吃——这里的炸肉排当真好吃，我连着吃了两天，一点都没腻。不知道吃什么的时候，就点炸肉排吧，准没错。

吃完饭，我先坐游船到海特旺格湖对岸，再开始徒步。

　　天上下着雨，走起路来有些不便，然而转头看看四周，雨水拂去了植物身上的尘土，绿的变得更亮，粉的变得更嫩，一派水灵的模样，令人忍不住也跟着雀跃起来。

　　这里的水好漂亮。

　　它怎么能这么漂亮呢？

　　我只是看着眼前的湖面，就觉得心中所有的郁闷、烦躁，所有的阴暗面，统统都不见了。

　　要不是下着雨，我甚至想要跳进湖里游泳。

　　雨中的徒步也很不坏。

　　最后，我还邂逅了浮在水面的天鹅。

　　它好美啊，我不知该用何种语言去形容，只是看着看着，就醉了。

今天不写作 8月15日

在蒂罗尔州旅行的最后一天，我选择在拜里施采尔村里打发时间。

这里已经不算蒂罗尔州，而属于德国的巴伐利亚州。村子不大，但该有的都有，是我喜欢的类型。当然，它也被大山包围着。我要是有心思，还能来一次正儿八经的登山或远足。

旅店就在车站附近，小巧可爱，住着很舒服。我决定，以后要是有机会再来，还要住这里。

露台上种了各种颜色的鲜花，缤纷夺目，仿佛要溢出来。房间里的沙发和书桌，都很雅致。整体并不奢华，但每样东西都质地优良，能看出店主人很爱惜它们，在用心维护着，非常对我的胃口。

各个房间都带了阳台，而阳台与阳台之间没有阻隔。有时候打开窗，会不经意地看见入住隔壁房间的孩子的脸。到了晚上，大家坐在各自阳台的长椅上，一起抬头仰望星空。

天气预报说当天气温超过 30℃。

上午，附近的广场上有一场婚礼，我悄悄地摸过去观礼。只见参加婚礼的来宾，都穿着当地的民族服饰，显得很郑重。新郎和新娘则坐着一辆古董奔驰车登场。

现场每个人的笑容都很灿烂，与身上色彩绚丽的民族服饰相得益彰。

观完礼，我走着去看瀑布。

再次感慨，这里的水可真漂亮。一路上时不时地能遇见小溪，我蹚进沁凉的溪水里，走走停停，好不惬意。

路的尽头就是瀑布，气势恢宏。当地的小孩子们争先恐后，笑嘻嘻地往瀑布潭水里扎。

真好。

中午，我坐在酒店自带的露天啤酒屋里，配着啤酒吃炸薯条。到了下午，就坐在湖边，把脚浸在水里，静静看书。

我看的是《托芙·扬松①短篇集》。偶尔抬起头，映入眼帘的是雄伟山脉嶙峋的峰顶，视线再回到湖面，只见融融日光反射在上面，仿佛涂上了一层银箔。间或一阵微风吹过，银箔瞬间碎成了万千光影，带着水波撞向岸边，掀起一阵哗啦哗啦的声响，在不知不觉中抚慰人心。这个夏日，我愿意给它打满分。

我拿出一个桃子，放进沁凉的湖水中冰镇，唰的一声，却见一条鱼以极快的速度从旁边掠了过去。

短篇集里有一句话，"今天不写作"。

呵，这不正是此刻我的内心写照吗？

每天忙忙碌碌，偶尔抽出一天时间全然地放空自己，

---

① 托芙·扬松（Tove Marika Jansson，1914—2001 年），芬兰作家，世界著名奇幻文学大师。1966 年，获国际安徒生奖。

也很不错。

　　村里有教堂，有数家咖啡馆和餐厅，有银行取款机，有到十二点就准时关门的面包店，有挂满新鲜肉类的肉铺，有拥挤地摆放着从古董摆件到电器制品各色物件的杂货店。

　　我觉得，这些足够好好生活了。

　　听说山里还有家叫作毕奥的旅馆，傍晚我启程往它走去。结果到了那里，旅馆员工说房间都已住满，今晚无法再入住，但可以在餐厅吃晚餐。于是，我便在那里吃了晚餐。

　　毕奥旅馆真的很不错。它前面的草地上，散养着几匹马、几头牛，还有一些鸭子，十分有野趣。餐厅的饭菜则精致高雅，作为这趟蒂罗尔州之旅的收官之餐，再合适不过。

　　天上闪烁着亮晶晶的星星，我喝了点酒，醺醺然地于夜色中慢慢往回踱。

　　这真是一个美妙的夜晚啊。

~~~

拜里施采尔村中心，有一家小小的石头店。

石头店这个说法，听起来或许有些奇怪，但因为它没有正式的店名，也只能这么称呼了。石头店里只卖石头。店门惯常关着，顾客若是上门，摁响门铃，店主人就会从后面的屋子出来。店主人是一位老太太。

石头店门口摆了一个小箱子，里面放着一些石头，一块石头卖几欧元，就像日本街头常见的和果子铺一般。

我对石头没有研究，也不曾上过心，有次偶然从他家门前走过，看见那个小箱子，突然就生出想要买石头带回去的心思。我买了两块水晶，每块一点五欧元。一块自留，一块带回去送人。

后来，我又去过一次石头店。这次是进到店里面，仔细地观摩了一圈。店里面摆的石头都比较贵重。

我不喜欢表面加工得滑溜溜的石头，更喜欢透着质朴美感的原石。很巧，这里基本都是原石。

不经意间我瞥到架子深处有块蓝色的石头，仿佛受到召唤一般，伸出手去够。石头由一粒粒鱼籽似的结晶聚集在一起，形似小山。

我拿在手上赏玩，越看越喜欢，根本不舍得放回去。它的颜色很美，看着它，似有一缕微风从心底深处飘过。

内心告诉我，我想要长久地与它待在一起，便买了回来。

回到住处，我查了一番，才知道这块石头叫Chalcedony，汉字写作"玉髓"。

它由非常细的石英颗粒组成，据说蕴含稳定的能量，能够温和地舒缓人的精神，给人带来积极向上的感觉。同时，它象征着人与人之间的联结。

它还有助于提升人的表达能力，促使人际交流变得更顺畅。如果这是真的，那于我而言，非常有用。

万事万物冥冥中自有缘分，我并不了解石头，却在拜里施采尔村里遇到了正适合我的玉髓。我把它带回来放在房间里，看上去是那么和谐，仿佛它生来就该在这里。

每次看到这块玉髓，我就会想起在蒂罗尔州的旅行。

旅行期间，除去食物，我只为这几块石头买过单呢。

生活的根 9月4日

日出的时间愈发晚了。我每天都在固定时间起床，因此看得格外分明。同一时间睁开眼往外看，现在天色明显要比之前暗不少。柏林的拂晓也是模模糊糊，与日本的天非常相似。

风吹一片叶，万物已惊秋。

树叶都染上了或黄或红的色泽。

早晚的风吹在身上带着凉意，不过中午的温度还是很高。近些天最高气温都超过了30℃，实实在在的"秋老虎"。我只在早晨打开家里的窗，把凉爽的空气拢进来，待风变得黏稠温热，就立刻把窗关上，锁住一室清凉。

公寓是用石头垒成的，密闭性好。这样，即使外面燥热，屋里也是凉的，待起来很舒服。

但是，再舒服的屋子，待久了也受不了。时隔许久，昨天我终于出门去游泳了。

我常去的泳池隶属于一家旅店，价格便宜，人还很少，每次去，池子里都只有两三个人。昨天也是这样。我泡在水里，感受着沁凉的池水，按自己的节奏慢慢地游了个痛快。

水是个好东西，每次泡在里面，都会觉得心情舒畅。待了一会儿，我的身体几乎进入冥想状态。

窗外是一汪湛蓝的天，阳光透进来，勾勒出或明或暗的影。

水很凉，我只游了三十分钟，身体就开始发冷。

冷也要忍着。之后我走走游游，又待了十五分钟才出泳池。

一遭下来，我的身体和心灵都得到了净化，就是走到外面，也不再觉得燥热。

这一天剩下的时间，终于不那么难熬了。

天热的时候，蒸桑拿固然不错，若能游泳，则更好。

今天的工作是核对小说终样。这部小说预计在秋天出版。

至此，我与它之间的脐带算是彻底剪断了。从此之后，这个故事不再属于我，它要独自去走属于它的路。当然，一开始它可能会走得跌跌撞撞，需要我在背后扶一把，旁边搀一把。

我只能以老母亲的身份望着孩子不断远去的背影，为它加油，为它呐喊，叮嘱它万事小心，一路走好。

除此之外，什么都做不了。

我的每一天，再平凡不过。

不断重复、重复、重复，重复的点滴，构成生活本身。

偶尔我也会出趟门，去旅游，享受日常之外的时光，但主要还是重复同一套程序：早上起床，烧水沏茶，拜佛静心，一边喝茶一边翻看报纸，处理工作（写点什么），肚子饿了就做早饭吃，喝杯咖啡，看看书，带百合音出门散步，买东西，准备晚饭，吃晚饭，洗澡，做瑜伽，睡觉。

这样的日常，我过了将近十年，而正是在这样的日常中，我写下一个又一个故事，听它们呱呱坠地。

我有时候在想，什么是生活的根呢？或许就是这些平凡又琐碎的日常吧。

只要有它们，我就可以坚定地一直过下去。

向日葵 9月11日

　　天才拂晓，百合音又钻进了我的被窝。

　　夏天热，它碰都不愿意碰我，总是离得远远的，这倒好，天气一转凉，马上巴巴地凑过来了。

　　它彻底把我当作枕头，睡得酣畅。小小的身体安安静静，柔顺地蜷着。咕噜——咕噜——连偶尔的呼噜声都很可爱。它仿佛一只天然暖炉，温温热热的，只要在身边，我就会忍不住赖床（唾弃没有自制力的自己）。

　　每每看到它乖巧的模样，我的心中就会油然升起一股幸福安宁。

尤其令我佩服的是，百合音每天早上都会重复同一套动作，几乎分毫不差。

首先，它一定是噔噔噔地跑到我右侧，向我示意它想钻进被窝。

紧接着，它把脑袋钻进被窝，再灵巧地掉个头爬回来，脑袋枕着我的右肩躺下。

如果睡着睡着热了，它必然会遽然惊醒，一边嘟嘟嚷嚷表达不满，一边挪动着换地方。这次再睡，整个上半身全露在外面。

以上是它探索出来的终极路线，绝不会有其他多余动作。当然，作为一条小狗，我想它的智商不足以支撑它思考后再采取行动，更多的是本能在驱使，但最后的每一步都简约而精准。

就比如，它从来不会跑到我的左侧来。

大概两个星期前吧。

一天晚上，我给百合音喂消夜吃。消夜是晒干的牛皮，我给切成了很小很小的丁，方便它咀嚼。最后只剩一小团时，它没有完全嚼碎就吞了进去。

按理说，牛皮只剩一个底，我应该直接把碗端走，可我却心存侥幸，觉得没问题，同时也怕浪费，便眼睁睁地看着百合音吃了。事发之时，我就在它身边。

很快，百合音起了反应，它在屋里跑来跑去，还吐了好几次。更可怕的是，它虽吐出了很多胃黏液一样的果冻状物体，但最要紧的那块硬东西却没吐出来。

百合音的意识彻底模糊了，一个劲儿地想往暗处、窄处钻——那些地方是它平时从不去的。并且，它没办法长时间待在一个地方，就像得了梦游症似的，整个晚上跑东又跑西，根本静不下来。

直到第二天，百合音也没能恢复。平时那么贪嘴的小家伙，这次不管我给它端什么，都不愿意张口。它无精打采，完全变了个模样。

这可不行。我害怕起来，赶紧抱着它去了宠物医院。幸好这个时候企鹅先生也在家，假如只有我自己，我肯定会慌得不知如何是好。

到医院后，医生给百合音打了两针，它变好了很多。可我心中依然害怕，脑中时不时闪过最坏的可能。

等到回家的路上，百合音恢复了贪吃鬼本色，嘴里叼着一条从路边捡的鱼尾巴，看起来既可怜又好笑。

通过这件事，我再一次感受到了"活着"的美好。

百合音从小就贪吃，对吃的可以说毫无节制，越是这样，我越是要注意它的饮食才行。

前几天在附近散步时，我看见十字路口一角摆了很多鲜花。

发生了什么事？

回家后我上网查，才知道原来不久前那里刚发生过交通事故。有一辆汽车从对面车道撞过来，导致包括一名幼儿在内的一家四口当场死亡。

那个地方是我惯常走的，或是带百合音散步，或是出门买东西。假如当时我在现场，完全有可能也会被卷入事故中。附近居民想来都有着和我一样的想法，才会自发地去事故现场献花纪念。

好多好多的向日葵、洋娃娃、信和蜡烛。

自那天后，我每次经过那里，都会默默地在心里为逝去的人合手祷告。

愿逝者安息。

　　日记写到这里，我抬头一看，发现头顶夜空中浮着一枚月亮。

　　今天的月亮，是瓜子脸的呢。

　　想到那一束束向日葵，想到百合音，我再次感慨，此时此刻我们正活着，这本身就是一个奇迹。

桃肉毛巾卷
9月17日

附近有个跳蚤市场，逢周日营业，我经常去。这日，我便在跳蚤市场偶然淘到了它。它具体叫什么，不甚清楚，总归是我早就想要的。

同样功能的东西，我在咖啡馆见过，只不过那些都比较大，很占地方。我想着，要是有个小点儿的就好了。一直抱着这个念头有意无意地寻找，结果还真让我找到了。

它朴素沉稳，没有半点高高在上的架子，与我家的氛围正合适。

很好，就你了！

老板娘用一张报纸将它裹了一圈递给我，我小心地抱在怀里。

好不容易才遇到的缘分，可不能弄坏了。

事不宜迟，回家后我马上用它做了玛德莱娜小蛋糕。确实很好用。把盖子轻轻一提，里面的玛德莱娜便可轻易脱出。

做完玛德莱娜小蛋糕，我的烘焙欲望完全停不下来，打算再来挑战桃肉毛巾卷。

也不知为什么，每年到了秋天，我总会格外想做糕点。

毛巾卷是我以前尝试过的，只不过做好面糊后，发现没有合适的板子来烘烤，便中途停手了。夏天我倒是碰到过一块不错的板子，却因为太热，完全生不出用烤箱的心情。

如今是秋天，又有了称手的板子，正所谓天时地利都齐全了。

我有个癖好，那就是一旦中意某款点心，就会一而再、再而三地做。心中已有预感，这个秋天，毛巾卷必将成为我家餐桌上的常客。

　　桃肉毛巾卷的第一次挑战，不是很顺利。这并非我推卸责任，这得怪企鹅先生。我让他帮我设定烤箱时间，结果烤箱没响，蛋卷皮烤过了头，变得硬邦邦的。

　　能补救吗？我试着给蛋卷皮抹上奶油，却因皮子不够柔软，卷到一半就断裂了。至于最后的成品嘛，不像毛巾卷，倒更像三角形的铜锣烧，还是奶油口味的。

　　没关系，人生在于不断挑战。

　　这次我就当交学费，以后最要紧的烘焙时间，一定要自己来设定。

　　第一次我用的是经过发泡，比较接近硬质干酪的奶油，第二次打算换成淡奶，自己来打泡。这样比较好控制奶油质感。

　　你想的没错，也不知是德国特色，还是全欧洲都这样，这边的淡奶无论怎么用力打，都硬挺不起来。想把它变成奶油，唯有加入一种特殊的粉。最开始我不懂，用打泡机打了老半天，发现半点用都没有，只能看着一摊流质液体无奈放弃。

这次我还在奶油中放了正当时节的桃肉。

接着，就是打泡机的表演时间。

最后打出来的奶油量过多，面糊反而不够了，但是不管怎么说，蛋卷皮没有开裂，从外表看，还是很有毛巾卷的样。

我放了不少肉桂粉在面糊里，果然很正确，烤出来的味道浓郁又有层次。

作为第二次挑战来说，成果相当不错。虽说还有些地方要改进，但并不妨碍我开心：我会做毛巾卷啦！以后要是家里来客人，我可以给他们做毛巾卷配茶喝；要是出门访友，我可以做毛巾卷当作小礼物。我几乎已经看见家里的烤箱不断吞吐毛巾卷，被迫"加班"的样子了（笑）。

至于口味，也有很多可以尝试。

等桃子下季，就用板栗；板栗过季，马上又有橘子；橘子下市了，还有草莓。

原味固然好，令人难以割舍，但将时令水果加入其中，来一场不同口味的毛巾卷接力赛，更令人期待。

就算一时找不到合适的时令水果，还可以用香蕉。香蕉是个好东西，一年四季都可轻松买到。

甚至可以挑战更复杂的，比如将黑豆煮得稍硬，嵌在蛋皮中，增加口感层次，想想就会觉得很有意思。对，对，千万不能忘了在面糊里加抹茶粉。黑豆抹茶毛巾卷，好令人期待啊！

最近几天我不停练手，吃了好多好多的桃肉毛巾卷。

边角料美食
9月22日

　　我喜欢的食物有很多，其中一个门类叫作"边角料美食"。顾名思义，是用各种食材的边角料制作而成的。最近，我的边角料美食家族又添一员猛将。它，就是鱼粉紫菜拌饭料。

　　其做法相当简单。将吊过高汤剩下的鲣鱼干撕成一小条一小条的，然后放在太阳下晒干。顺便说一下，菜谱上都说，吊高汤时不能用力挤鲣鱼干，我却觉得浪费，总要用力挤，把里面的味道全部逼出来。若是你觉得这样做出来的味道不纯粹，可以另外拿个碗盛逼出来的汤汁，用来拌金平牛蒡之类的。不然，鲣鱼干出汁不充分，委实太浪费了。反正我们不是开店做生意，自己吃也不用讲究，自然是怎样合适怎样来。

将彻底逼过汁的鲣鱼干置于阳光下暴晒，只一天左右就能蒸发掉内部水分。再用搅拌机将鱼干搅成粉，备用。另外捣好紫菜碎，条件允许的情况下，最好备一些松子。有了松子的点缀，拌饭料的口味会更丰富。

找一只小号的煎锅或炒锅，按照自己喜欢的口味放入甜料酒、料酒、酱油和白糖，加水煮开，再放入捣成碎的紫菜，咕嘟咕嘟等到水煮到剩一半的分量后加入处理好的鲣鱼粉，充分搅拌。最后撒一些松子，加入七味粉、盐、蜂蜜调味。

这样就可以了。是不是很简单？

我家常备由调料酒、白糖和酱油制作的拌面料，做的时候直接用；如果你有自己喜欢的拌面料，也可以使用。这是很灵活的。关键只有一点，赋予鲣鱼粉一种你喜欢的味道。

鱼粉紫菜拌饭料朴素极了，没有什么余韵，但也很不错，撒在白米饭上，十分开胃。

我早晨多吃黑米杂粮饭，用鱼粉紫菜拌着吃正好。

有了它，都无须准备其他小菜了。

　　除了鱼粉紫菜拌饭料，海带佃煮也是边角料美食。

　　用薄薄的罗臼海带边角料（注意，一定是边角料）来吊高汤，海带中的鲜味被最大程度逼出，随手成就一锅浓郁鲜香的好汤。锅中剩下的海带不要扔，拣出来后佃煮，很容易入味。其口感柔嫩，与大量鲣鱼粉充分拌匀后，会变成一道美味又下饭的小菜。

　　另外还有碎纳豆，严格来说，它并不属于边角料美食，但也很好吃，是我最近才发现的，想要推荐给大家。做法很简单，将纳豆细细磨碎，与味增拌匀，吃的时候盛在米饭上即可。

　　边角料美食的诀窍在于，不管是鲣鱼干还是海带，食材本身都要好，这样经过一道程序后二次利用，它还能够好吃。

　　顺便说一句，做味噌汤用的小鱼干，我一般都单独拣出来，留给百合音当零嘴吃。

　　不管什么东西，都别浪费，让它们发挥出全部的价值，方能畅快。

今天是周日，我请了一位年轻的朋友来家里，和我一起烤薄饼。我俩有好长一段时间没见了。

这次灵光一闪，和面时我朝里面加了肉桂粉。

有些人喜欢吃咸口的烤薄饼，搭配煎得焦焦的培根，我却喜欢传统甜口，觉得枫糖浆加黄油和烤薄饼是再适合不过的组合。如果能加一根香蕉，那滋味，简直无法用语言来形容。

说来，每次吃烤薄饼的时候，我都会感叹香蕉的魅力呢。很好，香蕉股又得分！

今天除了香蕉，我们还搭配了树莓吃，堪称奢侈。

朋友带过来的枫糖浆，香醇又浓郁。感恩！

为了做烤薄饼，我买了很多牛奶和香蕉，结果还剩不少，正好与鸡蛋一起做成香蕉布丁。

这边的牛奶都是大瓶装，就我所知，至少 1L 起步，如果能像日本那样有小分量的，就好了。

日本牛奶有 125ml、200ml、500ml 等，规格不一，

顾客可以根据需求选购。这也算是日德两国之间的一个差异了。

　　打开烤箱，一股清爽甘甜的香蕉味弥漫开来，让人感到无比幸福。

　　下周我要回日本，在此之前必须把冰箱和冷柜清空才行呢。

回日本的日子越来越近，不知为何我越来越想吃香肠，明明平时很少吃的。

准确来说，不是想吃，而是觉得马上吃不到了，所以要吃。

道路两边的树都已换上了秋装，每天早晨，我都能听见鸟儿们叽叽喳喳的鸣叫。

一步一步地，时间向着冬天进发。

白天家里来了客人。

她是我刚来柏林时在语言学校认识的一位日本钢琴

家，同为爱狗人士，我们在生活中交集也颇多。

她之前已经回了日本，但为了学德语，继去年之后，今年夏天又回来继续在语言学校上课。

她主要在汉堡地区活动，近来活动范围扩展到柏林，于是来家里找我玩。

在我看来，她的德语堪称完美，根本没有什么再学的必要，可是她从未停下脚步，不断精进自己的德语水平。这种精益求精、不断进取的精神，委实令人钦佩，她是我学习的榜样。

她说，自从德国加入欧盟以来，她就感受不到德国身上的异国情调了。所有人张口闭口都是经济，焦虑得不行。离开一段时间再回来，这种感受愈发清晰。

我觉得这个说法很有意思。

她是三十多年前来德国的。当时，每到中午，上班的职工也好，上学的孩子也好，都会跑回家吃饭，舒舒服服地待上两个小时再回公司或学校。晚上自然也是要回家吃饭的。商店不仅限于周日，从周六中午起就关门休业了。

那才是大众的生活方式，从容不迫，与现在完全不同。

加入欧盟后，不断有外国劳动力拥入德国，使得整体的就业竞争不断加剧，生活压力不断加大。并且可以预见的是，随着科技水平快速发展，各行各业会广泛使用机器人，人的工作机会迅速锐减。为了保住自己的饭碗，大家都战战兢兢，强打起十二分的精神。

就说当下，坐在超市收银台前的员工，每天拿着扫码枪给顾客结账。他每个小时结了多少件商品，机器在后台一拉，数据马上出来。员工之间的比拼，在无形中已经拉开。这也难怪他们都像被什么赶着似的，成为冷漠的"扫码狂魔"，动作一个比一个快。

生而为人，好不辛苦。

柏林这边有很多艺术家，因此整体氛围较安逸。我总觉得它不像城市，更接近于村庄。但是，朋友明显从不同的角度看到了柏林的另一面。

艺术方面同样如此。朋友说，以前人们对艺术宽容多了。如今经济优先主义入侵艺术领域，只有很小一部分艺术家才能崭露头角。即便如此，我想应该也不至于到日本那种程度，取消国家补助金什么的……

　　假如德国政府进一步加大经济在社会中的优先比重，那么，德国商店在周日也该开门营业了。等到那时，像今天这样宁静悠闲的周日便只能存在记忆中，成为永远的过去。

　　今后的世界会变成什么样呢？

　　英国"脱欧"一事闹了很久，马上到最后期限，却没有任何建设性的进展。包括日本在内，各国政坛被一些奇怪的政治家所垄断，他们获得了选票，然后毫无负担地发表奇怪的言论。

　　环境问题也愈发严重了。

　　我觉得，我们真的生活在很糟糕的时代。

　　本该是柏林举办马拉松的日子，天公不作美，今天几乎下了整整一天的雨。

　　下周这个时候，我已经在日本了。

日本，我回来啦！

了不得了不得，街上走的全是日本人，大家嘴里说的全是日语！

这种感觉，恍如有谁撕开了我眼前的朦胧薄雾，骤然间一切都变得轮廓分明，一清二楚。

在柏林我生活得很规律，时间节奏彻底刻进身体里，以至于乍回到日本，适应起来颇为艰难。

明明身体已经很疲惫，躺进被窝，却无论如何也睡不着，眼睁睁地看着脑海深处亮起电灯，一盏，两盏，三盏，四盏……

也不是没想过干脆按柏林时间过，大不了当个夜猫子嘛，但是工作满满当当，我甚至连早上赖会儿床的空当儿都没有。

实在睡不着，一天深夜，我蠕动着疲惫却清醒的身体从床上下来，没有点灯，摸黑坐在窗边吃起了栗子。

栗子是我怕坐飞机肚子饿，特地买来备着的，结果没找到机会吃，留到了现在。

栗子已经去壳，吃起来糯糯的、甜甜的，滋味纯粹。

我头脑空空，一边望着夜空，一边吃着栗子。

小区走廊上的灯没有关，很亮，亮得人头晕目眩。

半夜三更，没有人会经过，然而，灯孤独而煌煌地一直亮着。

以前我不觉得这有什么，现在却忍不住疑惑：又没有人用，有必要开一晚上的灯吗？

欧洲公寓的灯多采用节能模式，需要时按下开关，过一段时间后它会自动熄灭。刚开始我很不适应，走着走着，灯突然黑了，不由得慌张起来。所幸在黑暗中，也可以清楚看见开关指示光源，能够立即再打开。

这种节能模式并不复杂，照理说不难推行，为什么在日本很少看见呢？

真的太亮了。这种做法往大了说，浪费了能源；往小了说，小区支付了不必要的电费。关上深夜里没必要亮着的灯，多么简单的动作，省下能源和金钱去做什么不好呢。

我嚼着栗子，迷迷糊糊地想着，很快进入了梦乡。

或许，我只是饿了……

听着耳边清越的虫鸣声，我真切感受到自己回到了日本。

10月6日
吭哧吭哧，
吭哧吭哧
吭哧吭哧

大周日早上，竟然有快递送上门，我大吃一惊。

这种情况在德国，肯定是没有的。

快递员小哥，辛苦了！

首先把今天要做的事列一个清单出来。

打扫厨房，擦窗，整理行李，煮海带，用鲣鱼干做鱼粉紫菜拌饭料，写《狮子之家的点心日》后记。

厨房是重点打扫对象，我把小苏打溶在水里，再用布蘸着一点点地擦。

之前我再三嘱咐过企鹅先生，一定要保持干净，所以整体情况比我预计的要好上不少。不过，架子上还是黏糊糊的，地板则是重灾区。我用苏打水一一擦洗过去。

自从在柏林生活，我开始介意起窗户上的污渍。看天色，快要下雨了，这个时候还要不要擦窗呢？我有些踌躇，因实在没法儿忍受，最后还是决定动手了。工具是旧报纸——没有比它更合适擦窗的了。吭哧吭哧，吭哧吭哧，擦窗也要用心。

擦完窗，再来处理外出期间堆积的信件和快递。我将它们全拆开，根据内容分成两堆，有用的留下来，没用的扔掉。唔，这拆出来的包装分量可真不小，其中不少是广告宣传册。我每次见到派送员，都会强调别再送过来，对方却根本不理会。还有什么办法吗？

怕不小心夹杂什么重要文件，我再次核对后，把不要的东西全部装进垃圾袋。

说起来，我总会忘记日本这边的垃圾分类方法。

厨房再次变得干净，闪闪发光。很好，我可以开始做饭啦。

做饭让我踏实，它标志着我真正回归日常生活了。

味噌是去年冬天就备下的，不知发酵得好不好，我尝了一下味道。欸，竟然不如在柏林做的味道浓郁？我有些愕然，照理说不应该啊……

看来根源还是在曲种上。

我再次认识到，柏林的活酒曲是真好。当然，日本肯定也有好的活酒曲，只是不知藏在哪个角落，哪天有时间我要好好去找一找。

因为家里没有松仁，我的鱼粉紫菜拌饭料做到一半就放弃了。

我原本打算一边煮海带，一边写《狮子之家的点心日》后记，算算时间似乎不够。晚上，我还要和企鹅先生的姐姐聚餐。

我们好久没见面了。

今天的早餐，是在家附近买的便当。

吃着他家便当，"我已经回到日本"的感触成倍增长。

时差原因，我还是睡不好，不过已经无所谓了。说到底，还是因为没有困倦到那个份儿上。假如身体真的需要睡眠，那么不管在什么地方，即便在走路，我想我也能睡着。

本周主要工作是接受采访。

时隔六年，Poplar 出版社将再次出版我的单行本。

不知不觉中，已经过去六年。时间都去哪儿了？它过得那么快，快到我忍不住要怀疑自己的记忆。

责任编辑依然是吉田小姐。看着坐在对面的她，过往时光一一浮现在眼前，令人感慨万千。

这六年时间里，我与吉田小姐携手并肩，为了创作出更好的作品，一直在琢磨该写什么主题。思考，提出，推翻，再思考，再提出，再推翻……我们花了很多时间，最后终于确定了下来。

这次的作品名为《狮子之家的点心日》，主题是"死亡"。它是我第十部长篇小说，也可以说是我阶段性的总结。我还以为是第九部来着，结果细细一数，确实是第十部。

距离第一部作品《蜗牛食堂》，已经过去十一年了。

在此特别感谢 Poplar 出版社和吉田编辑，是你们成就了今天的我。

谨致以诚挚的谢意。

新书很快就会出现在各家书店的架子上。

各位读者朋友，还请大家多赏光，多提宝贵意见！

塑封机 10月17日

　　台风刚过去，早晨睁开眼睛，我听到附近人家养的鸡响亮又有朝气的啼鸣声，不由得安下心来。第"19号"台风实在太厉害了，风大，雨也大，是我从未经历过的。独自生活的老人或者有小孩的家庭，想必昨晚都担心得够呛。警报声持续不断，硬生生让人回到2011年3月11日那一天。

　　随着受灾情况不断通报，我越来越无措，这么大的台风，人类如何能抵御呢。农作物都遭受了巨大损失，很多人的房子或被大风直接吹走，或被吹塌了。希望有关部门能尽快救助他们。

　　大阪的宣传活动正是在这种情况下如期举行。天气恶劣，却仍有不少读者朋友过来参加。谢谢，衷心感谢你们的支持。

　　之后我会按照大阪、京都、名古屋的顺序，在相关书店举办签售活动。各位同仁准备了很多签名本，期待与你们的见面。

　　这次我甚至用上了塑封机，这很好地满足了我的好奇心。

　　将签名本放进薄塑料袋，再从塑封机中过一道，就算包装完成，十分便捷。刚塑封好的书还带着一点余温，仿佛婴儿躺在怀里，惹人怜爱。

　　亲爱的读者朋友，如果有一天你在书店里遇见了我的签名本，请不要怀疑，那必然是受了某种缘分的牵引。

　　昨天，我和一位来京都玩的朋友一起，偶然间踅进INODA COFFEE 吃早餐，之后溜溜达达地去了锦市场 ①。

①位于京都市中京区中部锦小路通中"寺町通-高仓通"区间的一条商店街。沿线的商铺大多销售鱼、京都蔬菜等生鲜食材或干货，腌菜等加工食品，且老店众多。在这里可以买到众多京都特有的食材，因此又有"京都的厨房"之称。

10月24日 合不拢嘴的签售会

感谢各位读者朋友拨冗参加在横滨举办的签售会！

已经记不清这到底是人生中第几次签售会，然而，无论过去有多少次，一旦像这样与读者朋友在现场见面、交谈，我仍会忍不住精神紧绷。

此次横滨签售会的一大特点是，笑的人特别多。

说"笑"或许不够准确，应该说"合不拢嘴"，由内心深处散发出来的笑意洋溢在脸上，它有着超强的传染性，一个传一个，连我自己的嘴也一刻不曾闭上。

不同的声音对我说："加油啊！"

我总是回复："嗯，我会加油！"

通过这次与读者朋友面对面的交流，我又获得许多能量，只觉得无比充实。

谢谢你们！

我会尽全力去写一部前所未有的优秀作品。

签售会第二天，我飞去福冈，与 Poplar 出版社的营销人员一同前往书店。

上一周，继大阪、京都、名古屋之后，我有幸也与博多、广岛、冈山地区的书店同仁见上了面，并聊了很久。我记不清自己到底走了多少家书店，见了多少位店员，只记得每到一处，热心的店员总是会为《狮子之家的点心日》搭建起签售帐篷，他们这份赤诚的心意深深感染到了我，我浑身暖融融的。

他们再次让我认识到，把书传递到读者手中原来是这样的感觉。如果没有他们，没有他们的努力，那么我写的任何一个故事都不可能抵达读者心中。

感谢每一位店员，感谢你们在百忙之中特地抽出时间为《狮子之家的点心日》贡献力量。

昨天，我买了新一年的手账本。

时间过得好快，又到年末。近几年一直在用的那款手账本到处都没货，我便选了跟它类似但要小上一圈的。新本子可以从十月份用起，真是太好了。我赶紧将下个月的计划写在了这本 2020 年新手账本上。

我的 2020 年，会是什么样呢？

手账本有着鲜红的封面，而且买完后我才发现，它大概是德国铁路局发行的周边产品，封面和内文中都点缀着若干德语。

说起来，真是好久没见德语了。

我爱山形 10月28日

周末我去山形住了一晚。

从东京坐上新干线，过福岛后，只见窗外绿意越来越浓，一直到米泽，景色都很漂亮。

新干线仿佛一把利剑劈开大山，不断飞驰向前。

以前和父母关系还好时，我每次回山形老家，他们必定会在车站检票口接我。母亲抻着脖子，不时踮起脚往外看。也正是因此，明知父母都已经过世，每次走到检票口前，我仍然会忍不住搜寻他们的面孔。

理智上我明白自己再也不可能看到他们，但是内心某个地方还是抱着伤感又隐秘的期待。

这个世上不缺离奇的事，搞不好就能见到呢……

这次回山形，是为了见我姨妈。

她是我母亲的妹妹，因为这样那样的事，我们已经有二十五年没见了。

有一天我接到电话，说姨妈年后病倒了。我不由得惶恐起来，想着趁还有机会，一定要过去见一面。

我还有一声"谢谢"，一直没能说给她听。

是姨妈教会了我什么叫作家庭的温暖。她有个儿子（也就是我的表兄），与我同年。小的时候，每逢寒假、暑假、春假，我就去姨妈家与他会合。在他们家，我才明白"普通家庭"的意义。

那是与我家完全不一样的氛围。刚接触到时，我甚至受到了不小的惊吓。

姨妈厨艺很好，家里的餐桌上总是摆满了各种好吃的。过年期间，尤其丰盛。就算我只是一个小孩，她也不会敷衍，特地找出小小的精致器皿，为我盛好一道道菜，方便我食用。我从未经历过那样的待遇，开心得简直要跳起来。

　　姨妈曾打过我一个耳光。那是小学二年级的时候，我遵从母亲意思，转到一所国立小学。有一天，姨妈问："你现在不和××玩了吗？"我回答说："我们不在一个学校了，她自然不再是我的朋友。"听完这句话，姨妈的手准确地落在我的脸颊上："不能说这种话！"

　　当时我虽小，却敏感地理解到姨妈的这记耳光与平时母亲挥向我的拳头并不一样。

　　姨妈是因为爱我，才打了这记耳光。我隐约明白，她打了我，自己也是痛的。

　　时至今日，我可以大声地说：我跟着那样的母亲长大，最后却没有长歪，多亏了姨妈。

　　我是在周日去看望姨妈的。

　　在这前一天，我与姐姐、表姨、从表兄、从表兄的女儿，一共五个人一起吃了顿饭。我上次见姐姐，是在母亲的葬礼上，与从表兄则要追溯到二十五年前。

表姨是从表兄的母亲。小时候，她经常来我家玩。她每次过来，家里的氛围会瞬间变得华丽浮夸。对此，我至今印象深刻。

这位表姨，就算过了二十五年，穿着打扮依然令人肃然起敬。她今年已经八十二岁高龄，穿着高跟鞋，化着全妆，穿红着黑，手上还做了亮晶晶的美甲，着实惊艳到了我。

哇哇哇哇哇，她比我有女人味多了。

没想到自己还有这样的亲戚，我吃了一惊。

听说表姨至今还在跳探戈。佩服，佩服！也难怪周围的人管她叫"日本的黛薇夫人"①。

从表兄现在在一所中学当老师，他说："你要是想把她写进小说，随便写。"

好嘞，那我就不客气了！

第二天我们一起去看望姨妈。姨妈前几天才出院，目前在家休养。

---

① 拉托娜·莎利·黛薇，1946 年生于东京。

时隔二十五年，我再次见到她，却一点都没有觉得生疏。和我同岁的表哥，也没怎么变。姨夫一如既往地沉稳，讲话慢条斯理。

"你把这儿当作自己家，记得要再来。"这是出门时，姨妈对我说的。

母亲活着的时候，也给姨妈添了很多麻烦。

姨妈，希望你今后的人生，万事顺遂。

之后还有时间，我便在老家附近随意地逛了逛。

真是好久没有回来了……

当一座座熟悉的山映入眼帘，我长长地舒出一口气。

这一次，我似乎终于能与山形和解了。

我从内心深处认同，这里是个好地方。

穿越四十五年的漫长时光，我终于爱上了山形。

黎明 ｜ 11月6日

初冬，柏林。

黄色的叶，红色的叶，打着旋儿落在了地上，织成一张绚丽的毯子。呵，真漂亮。无论往哪个方向看，目之所及都是冬天，带着料峭又沉稳的美。

刚过去的十月一波三折，充满波澜。工作上忙碌，行程满满当当，颇为辛苦，生活方面也有着各种各样的事情。毫无疑问，这是我迄今为止经历过的最忙碌的一段时间，仿佛一场飓风从人生中突然刮过。

然而，处在飓风中心的我，却意外地平静。

不管怎样，我已顺利地与百合音会合，至少可以暂时放松下来。

　　我带百合音出门散步，顺便去咖啡馆喝了一杯卡布奇诺，回来的路上，又在火腿店买了新鲜的鸡蛋和巧克力。

　　毫不起眼的一段路，我却长长地舒出一口气。

　　好幸福啊。

　　街上的行人，虽不能说百分百，但大部分人都面带笑容，这感觉真好。

　　不像日本，大家常常是皱着眉头走路的。

　　我深深地爱着柏林。

　　那么爱，那么爱，爱到不知如何是好了。

　　细细回想，这是我第一次在柏林过十一月。

　　去年也好，前年也好，这个时候我都回日本了。

　　提及这里的十一月，久居柏林的人会统一地面露难色。原因也很简单。十一月才刚入冬，离春天还有好久；十二月虽说更冷，但因为有圣诞节，整个城市都会热闹起来。十一月有什么呢？只有阴沉的天与缠绵的雨。

确实，自从我回来，这边每天都在下雨。天空是沉沉的铅灰色的，仿佛铺了一层大理石。黏重的云层压下来，铺天盖地，一直延绵到遥远的某个地方。

　　极短暂地，天空也会放晴，这时候乌云统统散去，露出一汪澄澈的蓝色。看着蓝色一点点蔓延，我简直要大声欢呼。真是太难得了！它是那么美，美到令人忘记呼吸，想要紧紧抱住身边的陌生人，分享心中喜悦。

　　一片天空而已，怎么就能美成这样呢？我震惊地根本合不上嘴。

　　然而，等回过神，天空又再次变成了铅灰色……

　　这段时间，就是不断重复这个过程。

　　对我而言，眼前所见、所闻、所触，皆是新奇。只有此刻才能看见的景色，只有此刻才能听见的声音，只有此刻才能碰触的物体，它们无一不珍贵，我要认真地去感受、去铭记。

　　说起来，最近我一直在穿红毛衣。柏林的冬天是灰色的，在一片沉闷的灰色中，突然出现一抹热烈的红，谁看了不会欣喜呢？因此，自从决定在柏林过冬，我就喜欢上了红色。

柏林人在红色的运用上，也很有心得。

天气很冷，不戴手套、围巾和帽子的话，根本出不了门。可是，我依然觉得很幸福。

十一月的柏林，一点儿都不让人讨厌。

不仅不讨人厌，还很讨人喜哩。

时间已进入冬令时，六点过后天才开始亮。

我醒得早，睁开眼时外面还是黑乎乎的，唯见天幕上挂着一颗颗闪烁的星星。煮上一壶茶，暖暖地喝着，我安静地等待黎明的到来。这段时光，珍贵又奢侈。

它让我真切感受到活着的意义，愈发珍惜当下的每一分每一秒。

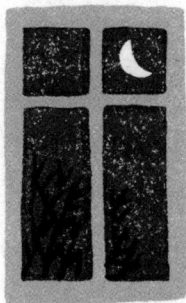

亚历山德拉 11月7日

最近，我一直在家听亚历山德拉·斯特莱斯基（Alexandra Stréliski）的钢琴曲，今天还去看了她的现场音乐会。

亚历山德拉的演奏，要说多么厉害，倒也没有，声音不算令人惊艳，演奏技巧不算精妙绝伦，但就是让人欲罢不能。她的每一个音符中都寄居着音乐的精灵，那是只有她才能演奏出来的声音，换作其他任何一个人，都不可能做到。

该怎么形容呢？仿佛世上最甜最美的果子汇聚成一

滴汁液，汁液闪烁着璀璨的光芒，缓慢地、缓慢地往下坠，终于啪的一声掉落，发出掷地有声的声响。

乐器与演奏家从来都是相辅相成。不管多么精妙、多么高级的世界级乐器，一旦缺了演奏的人，都无法发出声音，而不同的人来演奏，发出的声音又是截然不同的。

演奏家唯有将心跳调节成与乐器一样的频率，呼吸统一成一个节奏，才能诞生出动听的音乐。

在我看来，这就和人际交往一样。一个人因另一个人变得更美好，流淌出更美妙的音色，世上还有比这更美好的事吗？

这样的关系才是理想的，正如亚历山德拉和钢琴。

网上有不少亚历山德拉的演奏视频，都很棒，大家有时间可以看一看。

没想到能在柏林参加亚历山德拉的现场音乐会，简直像做梦一样。

又及：

在柏林期间，我与画家佐伯洋江认识并成为好友。此次她在伦敦日本大和基金展览馆举办个展，为配合展出，我与她将于本月进行一场艺术家访谈。

我与洋江之间互相影响，互为助力，我记述文字，她涂抹线条。介绍我们认识的是美由纪，而艺术家访谈那日，恰好是我们的故友美优斯塔西亚去世一周年祭日。

犹记得，我、美由纪和洋江三个人一边喝着红酒，一边畅聊，直到深夜。其中一个话题是"人去世后会怎样"。

万事万物，果然在冥冥中自有牵连。

我啜着白酒，静静等待音乐会开始。

此次音乐会的座位并没有指定，因而我特地提前到达，选择坐在第二排。从这里我可以清晰地听见钢琴声，也能看见亚历山德拉的脸。

音乐厅不算大，舞台也较窄，三角钢琴仡立在舞台正中央，除此之外，什么都没有。

台下观众都很有耐心地等着，无任何骚动，让人舒适。

我旁边的座位空了很久，最后来了一个只有七八岁的小姑娘，她穿着蓝色雨衣，梳了一条辫子。

她的母亲就坐在她身后，穿一身红色紧身衣，怀里抱着一捧巨大的花束。

小姑娘蓝色的雨衣下面是一件可爱的半袖连衣裙，虽然有点小了，但看得出来是精心打扮过。

我想，她肯定和我一样深深地爱着亚历山德拉。

会场骤然暗了下来，亚历山德拉登上了舞台。

哇，这是活生生的亚历山德拉！

她穿着白色球鞋，黑裤子，T恤也是黑色的，外面搭了一件质地柔软的夹克衫。这身打扮和我平时在家穿的几乎没多大差别，我估摸着，应该就是她彩排时穿的。

很快，音乐会开始了。

真是一段奢侈的时光。

亚历山德拉演奏了自己原创的曲目，每个停顿的间隙，都带着她个人鲜明的印记。一个个音符，美妙绝伦，令人恍惚沉醉。

我只觉得有甘甜的细雨从半空缓缓洒落，落在场内所有人的心田，空气温柔又宁静，让人忍不住想要紧紧抱住自己的爱人，热烈地交换亲吻。

　　旁边的小姑娘随着旋律轻声哼唱起来。

　　我非常理解她的感受（其实我也想跟着哼），但转念一想，这样会影响身边其他人，自己也无法全身心地沉浸在钢琴曲中，因此提醒了她一下。

　　小姑娘刚开始很听话，后来又无意识地哼起来——算了，也不是特别恼人。

　　悠然的时光，如水一般流淌。

　　亚历山德拉的演奏绝非一味地温柔，她不时激越，手指重重地落在键盘上，偶尔还会站起身来。当然，这些动作都不是表演，而是音乐旋律下自然的流露。

　　演奏至半途，有人不慎碰倒了脚边的酒杯而发出了脆响。

　　我半开玩笑地说："你来这边啊。"

　　对方温柔地回复："那会影响到别人。不用管我，你听自己的就好了。"

音乐厅装饰得很朴素，灯光照明与学校里汇报演出用的一般无二，偶尔有影像从黑色幕布上划过，表演本身也简洁明了，没有花里胡哨的东西。环顾全场，还空着不少座位。

可这又有什么关系呢？现场充满了丰沛的能量，我能感觉到，那能量直接连接着宇宙最深处。

音乐会从晚上八点开始，不到九点半就结束了。

返场曲共两首，整个表演干脆又利落。

这样清爽的感觉是我喜欢的。

走出场馆，我抬头看到一轮明月从云层中探出头来，它比半月要丰润点儿。

冬的气息扑面而来。

亚历山德拉讲法语，下次再参加音乐会，我得带一本我小说的法语翻译版，作为礼物送给她。

三十年前的今天 11月9日

昨天出门时，我发现整个城市都沉浸在一种快活热烈的氛围中，街上行人也明显增多了。

怎么回事，难道是什么节日？

我忍不住询问身边的人，对方说不是什么节日。

可是，气氛明显不同寻常。

哦，我明白了。

三十年前的今天，"柏林墙"倒塌。

关于该历史事件，日本人常用"崩坏"这个消极词语，德国人却用更中性、更开放的方式来形容。一扇沉重的、长久不曾开过的巨门，在众人齐心协力之下，被打开了。

犹记得三十年前看到这条新闻时的心情。那天，我正窝在家里的暖炉桌旁舒舒服服地取暖，只见电视屏幕上，许多人爬上"柏林墙"，或沉默或激动地大力敲打着。彼时我只是个高中生，并不了解什么世界政治局势，但是通过人们的表情和动作，清晰地认识到在世界的另一边发生了一件了不得的大事。

一晃时间已经过去三十年。

而今，我正在柏林。

我租住的公寓，从地理位置来算，属于东柏林。再往前稍微走一点，就到了西柏林，那里至今伫立着"柏林墙"遗迹。

第一次看到残损的"柏林墙"，我的印象是：好矮。

单从高度来说，借助梯子等工具，人能够非常轻松地翻越过去。然而实际上，当时的东、西柏林以墙壁为界设了一个缓冲地带，其间布置了钢条铁丝，还有凶恶的狼狗以及配枪人员监视着，想要从东柏林逃往西柏林并不容易。

即便如此，仍然有很多人前赴后继，试图翻越"柏林墙"，最后丧失了性命。

我不禁想，假如当时我身处"柏林墙"以东的地方，该怎么办？

是冒着性命危险，去翻越那堵墙，还是接受现状，安静而又谨慎地生活？

这堵墙剥夺了生活在东柏林万千生命的自由，将绝望写入人的心底深处。他们拼命反抗，只为找回属于自己的自由。

没有什么理所应当就属于你的自由。面对那些 24 小时监视着你，将你视作掌中之物，随意践踏你的尊严、剥夺你的自由的人，你必须像一只好斗的公鸡，时刻处于应激状态。一旦松懈，你的自由就会在顷刻之间被人夺走；而一旦被夺走，想要再拿回来，难于上青天。

因此，我们必须时刻警醒，攥紧这宝贵的东西才行。

这是我此时此刻置身柏林想到的。

柏林人牢牢记着三十年前的那一幕，为避免重蹈覆辙，他们在日常生活中尤其注意权利与义务之间的平衡，因此让我这个来到此处的外来者，有着格外清晰的体会。

雏鸡想要破壳而出，需要两方面的努力。一方面，雏鸡用喙从内部啄破蛋壳；另一方面，母鸡从外部啄破蛋壳。这个过程叫作"啐啄"。

三十年前的今天发生在柏林的这件事，或许也可称为啐啄。是在东柏林的人和在西柏林的人齐心协力，一起砸毁了横亘在中间的墙。

假如有人在三十年前告诉我说"三十年后你会住在柏林"，我肯定不会相信。

然而，它确确实实地发生了。

人生当真妙不可言。

冬日的湖 11月14日

最近一段时日阴雨连绵，连出门买菜都不方便，没想到周日时天突然放晴，阳光洒了下来，空气中带着冬日特有的凛冽，一扫往日阴霾。

天公如此作美，正好去湖边！

事不宜迟，我带上百合音出了门。

说起来，之前回日本时，我尤其想念柏林的湖。

像今天这样，想去湖边就能去，这感觉太爽了。

真舒服！

湖边的树已彻底换上了或红或黄的叶子，倒映在水面，绵延成一个童话般的世界。

百合音前所未有地兴奋，我解下它的项圈，它马上绕着湖跑起来，几乎一刻都没有停下过。

湖水好漂亮。

夏天，大家时常来湖里游泳泡澡，这看起来固然惬意，但我还是更加喜欢冬日寂静的湖。

湖里还有天鹅。百合音甩着尾巴悄悄地靠了过去，没想到天鹅骤然发难，哗啦哗啦拍打翅膀，它吓得一溜烟地缩了回来。

哈哈，天鹅要比百合音大上几倍，看起来很有气势呢。

提到湖，我们总是会想到天鹅；说到天鹅，必然会想到湖。两者总是联系在一起，就好比鸭子配大葱，世上再没有比它们更相配的了。

我找了一根圆木头坐下，看了一小会儿书。木头正对着湖，我抬起头，便能看见广阔无际的水面。

书名叫作《一只小麻雀的记录》①。我以前看过，只是

---

① 该作品名称在日本被译为『ある小さなスズメの記録』。

当时看的是单行本，来柏林之后，意外遇见了文库本，便一直装在口袋里带着。

慢慢地、慢慢地，太阳沉了下去，我一边感受，一边看书。

日光充盈着视野，它太美了，我觉得自己的脑子几乎要融化了。

终于，太阳落了下去。此刻，室外温度是 4℃。

进入冬令时，太阳晚出早归，早上七点半天空才开始泛白，而到傍晚四点半，就已经朦朦胧胧带上了暗色。接下来一直到冬至，太阳上班的时间只会越来越短。

也正是因此，我们才会更加感念阳光的珍贵。

每每看到阳光从天空温柔又慷慨地洒下来，我就忍不住想说一声"谢谢"。

周日一早，太阳在房间的墙上再次勾勒出一幅美丽的光影图。

真幸福啊。

我多么希望这幅光影图能长长久久地保持，可惜，它并不听从我内心的祈愿，无时无刻不在变化着，让人伤感。

好朋友 11月20日

来了柏林之后，我遇到了不少幸事，其中之一便是认识了洋江。

说"其中之一"或许不恰当，应当说"最最庆幸"。

我不是能自来熟的人，很难短时间里与人亲热起来，朋友数量也有限。更少即更多，什么事都好，贵精不贵多。因而，能与洋江相识并成为好朋友，我很珍惜。

至今，我仍然记得我们的初次见面。那是两年前，才入夏不久的时候。

我和洋江有个共同朋友，叫美由纪。她是一位理发师，早就定居柏林，我们都在她那儿剪头发。在正式见面前，美由纪好几次跟我唠叨："有一个人，我一定要介绍给你认识。她是画画的，跟你肯定合得来。"听说她也是这么游说洋江的。

我们见面的地点是在一个红酒广场。

红酒广场只在夏天开放。酿酒师们聚集在这里，向大家介绍自己酿的红酒，请大家试喝，听大家的意见。至于食物，则需自带。

见面前，我们约好各自带点吃食过来。那天，我带了炸薯条，美由纪带了刚从田里收上来的新鲜蔬菜，洋江带了亲手做的三明治和鸡蛋卷。

果然，我们很投契。

洋江仿佛我散落在外的一块灵魂碎片。我是写故事的人，她是画故事的人。虽说方式不一样，但我们以同样的热情、同样的真诚在表达自己内心的所思所想。

红酒广场的活动到晚上九点就结束了，后来我们三个又去了附近一家法国餐厅，在那里继续喝红酒。进店的时候还是周五晚上，出来的时候已是周六凌晨一点多了。三个女人喝得醉醺醺的，走路也不稳，竟然也摸索着坐上了地铁，真是万幸。

在那之后，我们很快就熟络起来。

三个人常常轮流在各自的家里聚会，自己做饭吃，之后不停地聊天，怎么聊都聊不够。聊的内容也很杂，生命、宇宙、生命的诞生和死亡，什么都聊。

"一个人死后会变成什么样"，这个话题我们曾很认真地讨论过。

有时候我们还会徒步走到郊外的咖啡馆，或者去温泉住一晚，总之老是黏在一起。

美由纪在多年前曾罹患癌症，不过已经康复，所以我和洋江并不特别放在心上，只把她当作普通人对待。去年冬天，她的身体又变得不好，一检查，才知道是癌症复发了。

即便如此，我、洋江以及美由纪本人，一致认为我们三个还是可以一如既往地出去旅行。

实际上，去年美由纪带着儿子回了一趟日本，结果因为身体状况变差，再也没能回柏林。她留在公寓的行李，则由身边几个朋友一起规整出来义卖了出去。

美由纪的身体越来越差。

　　应该再劝劝她，让她去做手术的。身边的人纷纷陷入自责之中。

　　美由纪是位单亲妈妈，儿子才上小学。

　　难道就没有其他办法了吗？大家心中都很不好受。

　　美由纪以自己的实际行动，教会了我一个人在人生最后阶段应该如何面对死亡。她的身影，或多或少地投射在了《狮子之家的点心日》中。

　　我曾对美由纪说过，要写一个以疗养院为背景的故事。

　　她非常积极地回复道："我是当事人，你有什么问题都可以问我哦。"

　　美由纪是在一年前的十一月去世的。

　　下周洋江将在伦敦举办个展，为配合个展，我和她将举行一场艺术家对谈。那天，正好是美由纪的祭日。

　　在我的作品中，在洋江的作品中，美由纪依然活着。

　　我相信，一个人即便已经去世，躯体在这个世界消失，但其精神和能量还是会留存下来，会像空气那样，人们看不见，但确确实实地存在着。

这才是死亡。

为举办艺术家对谈，我和洋江专门请理发师上门，一起理了头发。

接着，我们慢悠悠地啜着红酒，开始讨论对谈上可能涉及的话题。洋江患有严重的"社交恐惧症"，此次对谈于她而言，是一个巨大的挑战。我却有预感，下周二会是非常精彩的一天。

要问这个世界上，谁最乐于见到这场艺术家对谈，那一定是美由纪。若没有她，就不会有我与洋江的遇见，也就不会有这场对谈了。

明天，我就要去伦敦啦！

绅士王国

11
月
28
日

昨天傍晚，我从伦敦回到了柏林。

此次是我时隔二十年，再次踏上伦敦的土地。

上次去还是千禧年，"10，9……3，2，1！"随着新年钟声的响起，我告别1999年，阔步迈进2000年的怀抱。不过，坦率来讲，我当时对伦敦的印象并不太好。因此，之后二十年里都不曾再去过。

这一次，伦敦完全颠覆了我的固有印象。

多么漂亮的街道啊。

若说柏林是城镇，那么伦敦就是城市。相较而言，伦敦更加都市化，更加精练优雅，保存了很多有历史底蕴的美好物件。

我甚至后悔，为什么自己没能更早一点过来，这里可比巴黎讨喜多了。

究其原因，一部分固然是因为此次行程几经斟酌，包括酒店，都是好好挑选过的，所以我才会觉得所有东西都很美好。但是不提这些，光路上走着的伦敦人，一个个看上去也都十分爽朗，浑身洋溢着幸福的感觉。

尤其男士，行事作风一派绅士模样，我只要有空闲，就会忍不住观察英国的这些绅士。

新的一周来临，我走进一家咖啡馆。

对方问："周末过得怎样？"

我吓了一跳。伦敦咖啡馆服务生的态度和服务，与柏林的好不一样！虽说我以前就听人说起过，但这次亲身经历，才有了真切的感受。至少在柏林那么久，从没有哪家咖啡馆的服务生这么问过我。

怪不得都说，伦敦人善于交际，言语幽默。

看，有个女人提着行李箱要爬楼梯，旁边男士见状，立刻出手帮忙。

这是伦敦才有的风景，在德国，若是有人这样做，绝对会被人投以奇怪的目光。

我回程时也碰上了类似的情况。飞机上，我举着行李箱想放到行李架上，一位英国绅士很自然地出手帮了我。

哇，绅士们太棒了。而且，他们打扮得都好时尚，让人看着就愉悦，怎么看都不够。

欣赏艺术、享受艺术是我抵达每个城市后必不可少的行程。

大英博物馆，泰特美术馆，皇家艺术学院，伦敦简直就是艺术天堂，世界各地宝物汇集于此。并且，大部分美术馆、博物馆都是免费向公众开放的。这一点，尤其令人敬佩和感动。

此次我与洋江的艺术家对谈反馈很不错，来了一百三十人，座无虚席。对我来说，这段时光很有意义。

患有"社交恐惧症"的洋江也做出了最大的努力，用英语向与会的人介绍了自己的作品。世界上又多了那么些人理解自己的作品，我想她肯定很开心。等到若干年后再回望，她会发现，这将成为她艺术道路上很重要的一步。

洋江作画有个特点，总要先定好画作最后的归属地点才会落笔。此次亦是如此。

最近不时听人提起，说我和洋江越来越像，不管是气质，还是长相、声音。

或许在不为人知的前世里，我与她曾做过一辈子姐妹呢。

行程结束后，为了奖励自己，我们去了改革俱乐部（The Reform Club）。这是一家颇有年头和历史的会员制俱乐部，据说当年英国改革派的先贤常常聚集于此。刚走进去，我感慨万千，心中生出不一样的感触。不愧是改革俱乐部！

我们喝了香槟，吃了晚餐，最后又一起喝茶。

听说伦敦有不少类似的地方。哇呜，伦敦可畏！

在英国这段时间，我有幸接触到超一流的世界，积累了非常宝贵的经验。

冬之始 12月21日

今天是冬至，本就是一年之中白日最短的时候，又下了雨，下午三点左右天就完全暗了下来，像是入了夜。

不过反过来也可以理解为，过完今天，白日的时间就越来越长了，颇有不破不立的感觉。

冬至一词，在德语中写作"Wintersolstitium"，意为"冬之始"。

确实，冬天真正的严酷从这一天开始展露。不晓得是不是错觉，我总觉得今年比去年还要冷，似乎一不小心，就会被扯进沼泽中无法脱身。因此，我总是格外注意，打起百分百的精神过冬。

小的时候，每到冬至日，姥姥一定会给我做小豆南瓜粥喝。甜甜的小豆与糯糯的南瓜煮在一起，更像一道小点心，口感清爽，十分开胃。姥姥每次都要煮满满一大锅，结果没几天，就全喝光了。

对我来说，小豆南瓜粥就是冬天的味道。

最近才知道，原来姥姥老家有许多寺庙。怪不得老家一带每每推出精进料理[1]时，她总是会给出调味的意见。

从小时候起，我就很喜欢吃寺庙里的精进料理。每次报恩讲[2]，必定紧紧跟在姥姥身边，只为去寺庙里讨一口饭吃。对彼时的我来说，那是莫大的快乐。

浸满浓郁汤汁的油炸豆腐，切得齐整端正的魔芋，即便长到了现在这个年岁，我还是喜欢得不得了。

我想，我从小就那么喜欢吃精进料理，很大原因在于姥姥，是她每天都给我做好吃的。

我很感谢姥姥，她教会了我品尝美食、制作美食的

---

[1] 又称"修行料理"，是日本遵循佛教戒律的传统料理。食材以当季蔬菜、山中野菜为主，不使用鱼、肉以及大蒜、洋葱等气味浓烈的食物。

[2] 日本在佛教祖师等忌日时举办的法会。

乐趣。

　　除了姥姥之外，其实还有一人功不可没。那就是姨妈。

　　姨妈比母亲小，她只有一个儿子，与我同岁。只要有稍微长点儿的假期，我就会跑到姨妈家玩。当时，姨妈家在仙台，而我在山形，每次过去都得坐仙山线。我还记得，第一次独自坐仙山线去姨妈家，还是小学二年级的时候。

　　姨妈家的氛围、价值观，完全不同于我自己家里的。也是在她家，我才知道一家人一起去露营，一起烤肉吃，一起去钓鱼，都是很自然的事情。

　　最令我印象深刻的是姨妈做的饭菜。

　　正月时节，我过去玩，虽然只是个小朋友，姨妈也不曾敷衍，郑重地拿出漂亮的餐具，将一道又一道菜品夹给我。第一次被人这般郑重对待，我感动得差点哭了。

　　至今我还清晰地记得，那次吃完饭，我帮忙撤餐具，结果不小心将餐具打碎了。那么漂亮的盘子被打碎了，我自然很害怕，姨妈却完全没有生气。是姨妈教会了我，世界上原来还有这样的温柔。

现在回想起来，在姨妈家的日子，是我人生中的至暖时刻。

任何言语，都不足以表达我对姨妈的感激。

昨天没忍住，我终于在柏林买了芋头。

其实很早之前就想尝试了，但因为之前在买牛蒡上栽过跟头，我一直不太敢尝试。

连皮带肉将整个芋头放进烤箱烤，吃的时候浇一点橄榄油，撒少许盐花。百分百无添加，真正的芋头。软软的，糯糯的，口感与栗子相似。比我在日本吃的芋头还要好吃。

失策，应该早点尝试的。

不管怎样，有了芋头，就算在柏林，我也可以做芋煮汁①了。

买的苹果有些酸，用它做了蛋糕。

---

① 山形的一种地方料理。

也不知道为什么，每年这个季节，我就会想做苹果蛋糕。

我在蛋糕中加了很多核桃和葡萄干，用的是斯卑尔脱面粉。

圣诞节快到了，商店即将进入休业状态，我得抓紧时间把该买的东西都买好，做好被"围城"的准备。

从昨天开始，不管去哪里，都能听见圣诞快乐！

一年中大家最最重视的节日就要到来。

亲爱的各位读者朋友，也祝你们圣诞快乐啊！

画家・佐伯洋江 × 作家・小川糸

（此篇系佐伯洋江个展上的艺术家对谈文本。佐伯洋江和本书作者是好友，对谈围绕"写作"和"绘画"展开。）

小川糸：

　　这次个展你的很多作品都涉及生与死。实际上，我上个月在日本刚出版了一部小说，叫作《狮子之家的点心日》，主题也是死亡。我想让你也看一看，还专门麻烦人从日本寄了样书过来。

佐伯洋江：

　　是的。有一天我接到快递，打开一看，发现是你的新书，里面还夹着一封很温馨的手写信。

　　第二天，我带着紧张又激动的心情一口气读下去，看完最后一个字时，眼泪就跟瀑布一样。我输了。我曾经发过誓，看你的书绝对不会再哭，结果还是没能忍住。简直鄙视我自己！

　　对我来说印象最深刻的是，这两年时间你我形影不离，常常一起玩，可你丝毫没有提及关于书的任何消息，只是一点点地默默地完成了一部作品。对于这样的韧性，与其说尊敬，不如说肃然起敬，我真的被彻底震撼了。

　　另外还有一点很神奇，就是有些东西我和你并没有聊过，却不约而同地选择了去正面表达——虽然表达方式不尽相同。我不知该怎么表述才恰当，叫共时性①？总之，通过这件事，我再次深刻地意识

---

① 指两个或多个毫无因果关系的事件同时发生，其间似隐含某种联系的现象。

到，你我在灵魂深处是紧密联系在一起的。

小川系：

这次之所以选择以死亡作为故事主题，是因为当时我的母亲罹患癌症，医生宣告剩下的时间不多了。

在我的理解中，死亡有两种。一种是自己死亡，一种是他人死亡。我没有体会过因自己将死而产生的恐惧，可是我的母亲一直在说死亡多么多么恐怖，以至于我也跟着害怕起来。说实话，看到母亲那样，我有点吃惊，但稍微想象一下就能理解，生命只有一次，没有了就是没有了，世界上大部分人在面对死亡时都会恐慌。

因此我的初衷是，写一个让读者不再害怕死亡的故事。遗憾的是，故事没写完母亲就去世了，但另一方面，我把我想要表达的信息传递给了很多读者。

佐伯洋江：

人可以分为两种，一种认为，肉身死了就是死了，一切都随之消散；另一种则认为，即便肉身死了，人还是会继续存在。我属于后者。首先，我们常说"人来到世上"，那么，人是打哪儿来到世上的？不说其他，就说我们脚底下这个圆圆的行星，它又是从哪里来的？你不觉得这些事情很神奇吗，它们令人心生畏惧。

在我的想象中，一个人死后，关于他的"感觉"依旧会留存在世上。就像你看完一部电影，听完一场音乐会，欣赏完一幅画，那种余韵会长久地留存下来。因此，我们必须慎重地对待每个瞬间心中产生的感觉。

小川糸：

实际上，类似的话题我们在柏林时经常聊，通常来说，是一边喝着红酒，一边天马行空地想到什么就说什么。

我和你是通过一位共同的朋友介绍认识的，我记得我们第一次见面是在两年前的初夏，对不对？

佐伯洋江：

　　对。那位共同朋友，她的名字叫美由纪，是一位理发师。我在柏林的时候，每次都找她剪头发。她对我说："阿糸是一位作家，我一定要介绍你们认识，你俩肯定很合拍！"这样我才认识了你，并且果然如她所说，我们很快熟络起来。

小川糸：

　　美由纪也总在我耳边唠叨，说一定要介绍一个人给我认识。你、我和美由纪，三个人正式会面是在两年前的初夏，在一个举办红酒节的场馆里。

　　那之后，我们很快就熟了起来。对我来说，你就像我灵魂的一部分。而且很神奇的是，我们仨同时就对量子力学产生了兴趣，开始看那些灵学的、宗教的书籍，还互相传阅，时不时地讨论人死后会怎么样。

　　美由纪在多年前罹患过癌症，这是你我都知道的。当时以为她彻底康复，事情已经翻篇了，所以平时接触起来也不太在意。结果去年冬天，她癌症复发，且非常严重，几乎没有任何治疗的方法，之

243

后没多久去世了。去世的时间，刚好在一年前的今天。

佐伯洋江：

　　她临终时，几个好朋友帮忙收拾东西，其中就包括你我。那种感受，真的太痛苦了。每个人都很懊恼，美由纪就在自己身边，为什么没能更早一点发现她身体的异样呢？也是通过这件事，我们愈发真切地感到，"死亡与我们之间，不过隔着薄薄一层幕布"。

　　现在，晚上打开窗户，我会用力地挥手，大声对天喊：放心吧，我很好！

小川糸：

　　是美由纪教会了我以愉悦的心态去享受生活。

　　有一年三月三女儿节，我们仨宅在家里一起庆祝，做了散寿司，一边吃，一边聊天，不知不觉就到了傍晚。我提议出去散步，顺便买点东西。这个时候，你突然说了一句："Joyfull.（好欢乐。）"这句话其实并不怎么特别，但莫名戳中了我们的笑点，三个人笑得合不拢嘴。从此之后，"Joyfull"这个词就成了我们仨的一个口头禅。

我从美由纪身上学到，"Joyfull"是人一生中最重要的事情。一辈子那么长又那么短，每个瞬间都很珍贵，我们要用喜悦去填满它。这是我们生而为人必须完成的使命，一个让人幸福的使命。

佐伯洋江：

说回到创作上，你经常将构思故事、写出故事的过程比作登山。那么，在创作过程中，你感受到的是辛苦，还是快乐？

小川糸：

两方面都有。思路清晰、写作流畅的时候，我和故事就像蜜月期的恋人，双方甜甜蜜蜜；一旦才思枯竭、下笔不畅，我就会觉得整个人生都变得黑暗，仿佛感受到了怀孕生产的痛苦。

不过，创作过程中的感受我大部分都记不住。

每次回过神来，作品已经完成了。或许，我是在无意识中写出来的吧。

佐伯洋江：

我也一样，总是在无意识中画画。否则，根本画不出来。创作的状态，要么极好，要么极差，在两者之间反复跳跃。有时候，我觉得自己是一个天才；有时候，又觉得自己一无是处。我无法从自己身上获得尊严，直到快放弃的时候，才能从作品中汲取力量。也就是说，不是我给予作品力量，而是作品给予我力量。之后的事则变得纯粹，我的肉体被驱使着，不停工作，仿佛在做某种体力劳动。为了放松，我有时在工作室里做瑜伽，或者冥想。在工作室里，我从不看画册集，也不看书，我不是在冥想，就是在创作。

小川糸：

我给自己定的规矩，只在早上写东西。天刚擦亮，我就睁开眼睛，起床后先去佛像前拜一拜，然后一边喝茶一边看报纸，之后开始坐下来写东西。写到什么时候呢？写到肚子饿为止。上午大概十一点钟，我会吃一顿早午饭。到了下午，绝对不再写一个字。

佐伯洋江：

我跟你不一样。早上起床后，先做早饭，再做中午吃的便当，之后迅速做完瑜伽和冥想，坐电车去工作室。

以前我总是尽早去工作室，在里面待上一整天。现在，六点钟左右我就能离开工作室了。不过我有个习惯：走的时候不是要关门吗，关后我总忍不住再打开看一眼，舍不得走，有时候干脆又返回去。晚上回到家，再看看书什么的，总之在创作周期内尽量不见外人。

等到展览结束，就什么都不管了，经历也好，成果也好，全部忘掉。

小川糸：

　　我也是。不管什么作品，一旦离开我的掌控，我就会把它彻底抛诸脑后。不然，我没有能量进入下一个作品中。在这一点上，写作和绘画虽有不同，但背后的创作原则是一致的。

（2019 年 11 月 26 日　于伦敦日本大和基金展览馆）